KB253149

사랑이 왜 그래

봉부아 에세이

끝내 그리워지는
사람에 대하여

사랑이 왜 그래

봉부아 에세이

끝내 그리워지는
사람에 대하여

일러두기

– 일부 표준어가 아닌 단어는 글맛을 살리기 위해 그대로 두었습니다.

– 이 책의 등장인물은 가명을 사용했습니다.

사랑은 왜 이렇게 어려운가요

독자 여러분, 안녕하세요. 봉부아라고 합니다. 남편과 자녀 둘, 고양이 한 마리와 살고 있는 적지 않은 나이의 여성입니다. 편의점 아르바이트 경험을 담은 에세이 『다정함은 덤이에요』와 조금은 지질한 중년의 일상과 우정을 그린 소설 『그걸 왜 이제 얘기해』를 책으로 냈습니다. 주로 주변의 평범하고 소소한 에피소드를 엮어낸 제가, 이번에는 저의 내밀힌 이야기를 글로 써보았습니다. 전작이나 블로그를 통해 저를 알고 계신 독자라면, (남들이 말하길) 저의 강점인 유쾌함과는 사뭇 다른 글에 놀랄지도 모르겠습니다.

줌파 라히리의 단편 소설 「질병 통역사」에서 다스 부인은 이국의 처음 만난 관광 안내인에게 비밀을 털어놓습니다. 누구에게도 말하지 못할 고민으로 고통 속에서 살고 있다고, 적절한 말로 치료법을 제시해달라고 호소합니다. 자신은 관광 안내인일 뿐이라고 말하던 카파시 씨는 그녀에게 묻습니다.

"다스 부인, 당신이 느끼는 건 정말 고통입니까 아니면 죄책감입니까?"

혹시 그런 경험 있으신가요. 처음 만난 사람에게 혼자 앓고 있는 고민을 털어놓은 일이요. 마음이 괴로워도 허기가 지던 저녁, 순두부찌개가 매워 숟가락을 못 들고 앉았는데, "괜찮아요?"라고 묻는 식당 주인에게 "아니요, 너무 힘들어요"라고 답해버린 일. 고작 태안행 고속버스를 타고 가출한 날, 말을 나누게 된 옆 좌석 사람에게 속 이야기를 하는 일 말입니다. "좋은 생각만 해요. 좋은 거만 보고 살아." 식당 주인은 무심하게 말했고, 내 말에 고개를 주억거리던 옆자리 사람도 "그래도 꿋꿋하네요. 잘 이겨낼 거예요"라고 말한 후 가방을 챙겨 자리에서 일어났습니다. 그들의 가벼운 위로와 단순한 격려에 기대어 솔직하게 말할 수 있었지요. 그런 마음으로, 저도 독자 여러분께 아무에게도 말하지 못한 사연을 말하려고 합니다. 몇

떳하지 못해서 평생 아무도 몰랐으면 했던 이야기, 촌스럽던 어린 시절과 그리워한 동시에 미워한 엄마, 그런 엄마와 제가 저지른 잘못에 관한 이야기를 말입니다.

　… 겹겹이 싸두었던 비밀을 털어놓으면 제 마음이 후련해질까요. 아니면, 가뜩이나 말린 어깨가 더 굽어지게 될까요. 저는 정말 어떻게 될까요.

　엄마의 숨이 멎었습니다. 엄마가 사라지면 마음이 편할 줄 알았는데, 되려 저의 심장은 고통으로 뛰었습니다. 엄마의 죽음은 현재의 죄책감뿐 아니라 애써 묻어두었던 지난날의 상처를 불러일으켰습니다. 애틋하고 그립다는 말로 포장되곤 하는 과거는, 제게 슬픔의 시간이었습니다. 한번 끄집어내기 시작한 기억은 그다음의 부끄러움을, 또 다음의 죄스러움을 떠올리게 했습니다. 내가 미워졌습니다. 나를 울리고 상처 준 사람을 떠올리며 다시 원망했습니다. 이상하게도, 남 탓으로 돌리고 싶어 쏜 화살은 저만치 갔다가, 방향을 돌려 날아와 제 가슴에 박혔습니다. 뽑으려고 할수록 깊이 박히고, 잘라내려 든 칼은 상처만 냈습니다. 반 시간만 책을 읽으면 사라지지 않는 괴로움이 없다고 하던데, 30분은커녕 3분도 읽기 어려웠습니다. 유명한 학자의 강연을 듣고 심리 상담하는 영상도 찾아보았지만, 모두 제 잘못이라고 말하는 것만 같았습니다. 얼굴이 화끈거리고 등허리가 뜨거워서 잠을 못 이룰 때면 운동화를 신고 밖으로 나갔습니다. 상념이 끼어드는 아는 길 말고 낯설고 먼 곳으로 걸어 나갔습니다. 돌아갈 걱정 따위는 하지 않았습니다. 차라리 길을 잃었으면 좋겠다, 휴대폰도 꺼지고 가진 돈도 없는 걸 핑계 삼아, 길거리에 주저앉아 펑펑 울고 싶다고 생각했습니다. 진짜로 엄마를 잃은 어린아이처럼요.

글을 쓰면서 생각했습니다. 나의 외로움을 어떻게 호소할까, 나를 슬프게 한 사람을 어떻게 더 밉게 그릴 수 있을까. 못된 마음으로 궁리했습니다. 나는 혼자인 줄 알았습니다. 이 슬픔은 나만 아는 것이라, 누구에게도 이해받지 못할 거라고 숨기고 살았습니다. 나는 스스로 뒤집어쓴 콤플렉스에 갇혀 내가 사랑받고 있음을 몰랐습니다. 엄마가 나를 함부로 대했다고 믿었듯이, 나는 사랑받을 가치가 없는 사람이어서, 네가 내게 주는 마음은 사랑이 아니라 동정이고 연민이라며, 다가오는 사람의 등을 떠밀었습니다. 너의 사랑은 작아서 나를 위로하지 못한다는 듯이, 외롭고 힘들다는 말로 내 옆에 있는 사람을 초라하게 만들었습니다. 사랑한다고 말하는 것만이 사랑이 아닌데, 삶을 지탱하는 것 자체가 사랑일 수 있다는 걸 몰랐습니다. 이야기를 쓰면서 알았습니다. 나는 내가 미워하고 후회하는 모든 순간을 그리워하고 있었습니다. 미워하는 만큼 사랑받고 싶고, 후회하는 만큼 용서를 구하고 싶은 마음이 크다는 걸 이제야 알았습니다.

나를 사랑하지 않던 엄마를 연필로 짓이겨가며 쓴 글에는 원망만 있었는데, 시간이 흘러 눈물 자국이 말라간 자리에는 다른 모습의 엄마가 보였습니다. 사랑 표현에 어색하던 엄마, 사랑받을 줄 모르던 엄마, 사랑에 서툴면서도 늘 사랑을 갈구하던 엄마가 있었습니다. 그 모습이 익숙한 건, 거울 같은 나 자신 때문이었습니다. 사랑받는 줄도 모르고 사랑할 줄도 모르던 나였습니다. 엄마를 다시 만난다면 왜 나를 사랑하지 않았느냐고 따져 물을 셈이었는데, 그러지 않을 테니 한 번만 돌아와달라고 애원하는 내가 보였습니다. 나는 이렇게나 미련한 사람입니다. 나는 아직도 어리석습니다. 자존심 때문에 미안하단 말을 숨기고 부끄러움 때문에 보고 싶다는 말을 미룹니다. 사람과 시간이 영원한 듯 여깁니다. 잃고 나서야 소중함을 깨닫는 바보처럼 나는 오늘 또 얼마나 많은 후회를 쌓아가고 있을까요.

어릴 때 살던 동네를 떠올리는 일조차 꺼리던 내가, 그 시절의 나로 돌아가 골목으로 걸어 들어갑니다. 이천 원어치 정부미를 사던 쌀집과 까만 원기둥이 천장에 닿도록 쌓인 연탄 가게, 신문보급소와 해피 라면을 사러 뛰어 들어갔던 구멍가게를 지납니다. 붉은 녹이 슨 남색 철문을 밀고 들어가면 푸른 뒷마당이 나옵니다. 2층 대문이 닫힌 걸 확인하고 주인아주머니가 밟지 말라던 잔디 위에 살포시 발을 올립니다. 구름 위를 걷는 듯 폭신한 느낌에 콧노래가 납니다. 삐거덕거리는 철계단을 올라가 문을 열면, 뒤꿈치를 구겨 신은 엄마의 낡은 단화가 보입니다. "엄마!" 하고 부르면 방문이 열리고, 어린 동생을 포대기로 두른 엄마가 나옵니다. 동생은 이제 막 잠든 듯 작은 엄지손가락을 입에 물고 있습니다. 송충이 털처럼 숱 많은 검은 눈썹이 예쁩니다.

"엄마 나도, 나도 안아줘."

엄마를 끌어안으면 냄새가 납니다. 삶은 옷 냄새 같기도, 밥 냄새 같기도 한, 포근하고 달큼한 엄마 냄새. 내가 평생 그리워한 냄새를 맡습니다.

오래전 일이지만 아직도 나 자신인 이야기를 썼습니다. 그리운 사람에 대하여 말했습니다. 상처라고 생각했지만 추억이 된 기억에 관해 그렸습니다. 내가 흉터 입힌 누군가에게 용서를 구하는 심정으로 고백했습니다. 어린 시절 텅 빈 집에서 혼자 울던 나와 아직도 길거리에서 울곤 하는 나를 위해 적었습니다. 독자가 책장을 훌훌 넘겨 읽어주길 바라며 썼습니다.

초고를 읽은 편집자가 제게 물었습니다. 상처 준 엄마를 왜 더 일찍 놓지 않았느냐고요. 저는 책임감과 죄책감 때문이라고 답했습니다. 아무도 사랑하지 않는 여자를 나라도 지켜야 한다는 책임감과 나마저 등지면 엄마가 더 불행해질 거라는 죄책감 때문에 손을 놓지 않았던 거라고 말했습니다. 뒤늦게 알아버렸습니다. 사랑해서, 사랑받고 싶어서 붙들고 있었다는 것을요. 그게 진심인 줄도 모르고, 죄책감이니 책임감이니 하는 말로 화해할 시간을 놓쳐버렸습니다. 내가 좀 더 일찍 깨달았더라면, 그게 사랑이라고 누가 말해줬더라면, 이렇게 후회하지 않았을까요. 사랑은 왜 이렇게 어려운가요. 정말, 사랑은 왜 그런 걸까요.

목차

5 프롤로그 : 사랑은 왜 이렇게 어려운가요

1부. 마음이 서툴러서

17 나의 어머니들

22 행복의 모양

28 멍청한 거짓말쟁이

34 바람이 분다고

39 부르고 부른 이름

44 나의 그리마 선생님

51 할아버지가 가르쳐준 것

57 어느 겨울밤에

64 애 머리에 벌레가 있어요

67 불행이 준 축복

73 짱구라는 선물

2부. 세상이 그래

80   새벽 두부 종소리

84   사흘

89   체육복과 스웨터

94   발가락이 닮았다

100   모순적인 사람

106   바나나가 덜 달콤했더라면

111   옆집 아줌마의 한자

119   조금만 더 기다려줘

127   그럼 우리는 자매인가요

132   당신의 아침밥과 저녁밥 덕에

138   여자들의 연대

143   우리의 여름

3부. 그리움은 익숙해서

151 　　사주를 믿으세요?

158 　　나의 보호자

165 　　검은 팬티의 날

171 　　내 이름 어디에

175 　　평범해서 어려운 일

181 　난 차라리 웃고 있는 삐에로가 좋아

189 　　슬픈 도시락

194 　　너희는 바보구나

202 　　태양과 모자

209 　　너의 자리로

4부. 사랑이 왜 그래

216   너는 누구니

221   사랑이 왜 그래

227   비밀이란 없으니까

232   물 위에 떠서 사는 식물

238   그리움만 쌓이네

242   시발, 내 동생

247   너를 위한 기도

252   장래 희망은 고아

256   성묘 가는 길

262   파란 심장의 아이

269   여전히 거짓말쟁이

273   추억은 하나도 없다고 생각했는데

278   과거의 하루로 돌아갈 수 있다면

283   에필로그 : 뒤늦게 띄우는 편지

1부
마음이 서툴러서

나에게는 슬픔이자 결핍이기만
했던 기억이 이해와 배려로 바
뀌기도 한다. 실핀만 닿아도 깨
질 듯한 심장을 가진 이를 알아
보거나, 때론 모르는 척하는 게
나은 순간들이 그렇다. 아픔을
겪은 내가 눈물 흘리는 사람을
알아보는 일, 불행이 준 축복이
라고 생각한다.

나의 어머니들

우리 동네에는 내가 좋아하는 세 명의 어머니가 있다. 야간 고등학교에 다니면서 일을 시작했다는, 적게 잡아도 30년 경력의 미용실 원장님을 마음으로 우러러본다. 강남의 커트 비용으로 근사한 파마를 말아줄뿐더러, 흰머리가 돋기 시작해 걱정이라는 말에 염색약을 쓱 발라 가려주는 센스를 좋아한다. 지문은 닳아 없어진 지 오래고 저녁이면 다리가 부어 신발을 못 신는다고, 하필 배운 게 손발이 닳는 일이라 고생이 끊이지 않는다고 푸념하지만, 원장님의 단단한 자세에선 자긍심이 묻어난다. "건물도 샀는데 월세나 받고 놀지." 단골인 듯한 할머니 손님이 말했다.

"아즈매들 덕에 부자 됐는데 파마 싸게 말아서 갚아야지요. 나 없으면 어디 가서 예뻐지려고요?"

원장님의 애교 있는 대답에 할머니가 "맞네, 큰일 날 뻔했네" 하고 웃는다. 한 달에 두 번만 쉬어도 충분하다고, 두 달에 한 번 쉬던 옛날에 비하면 신선놀음이라고 말하는 근면함과 몇십 년 전 일을 어제 일처럼 생생하게 말하는 입담도 내가 미용실 어머니를 좋아하는 이유이다. 70~80년대 장발과 미니스커트 단속, 통행금지, 버스 안내양 같은 풍속 이야기도 재미있고, 완도에서도 배를 타고 들어가는 섬에서 나고 자랐다는 원장님의 서울살이 이야기도 흥미롭다. 이를테면 직장 언니들이 해돋이를 보러 가자기에 여덟 시간 버스를 타고 동해에 갔더니, 여물 먹이러 소 끌고 올라갔던 보길도 뒷산이랑 똑같더라고. "서울 사람이 보러 가는 태양은 다른 줄 알았어!"라며, 아직도 억울한 듯 벙찐 표정을 짓는 원장님에 얼마나 웃었는지 모른다.

골목의 구멍가게가 하나둘씩 편의점으로 바뀌어간다. 나는 감나무 무성한 잎이 간판을 반이나 가린, 모퉁이 작은 가게를 지키고 있는 어머니도 좋아한다. 도시락이나 삼각김밥 같은 간편식은 없지만, '시숙이 기른 영광 보리'라든가 '거제도 친구네 미역'이라고 쓰인 포대에 마음이 설렌다. 파란 매직으로 삐뚤빼뚤하게 쓰인 글씨만 보면 애틋해져 나도 모르게 손이 나간다.

내가 쌍화탕을 찾으면 가게 어머니가 안쓰러운 표정으로 말한다.

"몸살이 왔나 보네. 힘들어서 어째."

활명수를 집어 들면, "내가 손을 따줄까요" 하며 어머니가 주섬주섬 바늘 쌈지를 찾고, 나는 못 이기는 척 엄지손가락을 내민다. 라면 두어 개를 샀을 뿐인데, 또 어머니는 뒷마당에서 딴 모과라든가 교회 텃밭에서 길렀다는 상추, 시골에서 올라온 고추를 내 품에 한 무더기 안긴다. 값을 치르려 지갑을 꺼내면, 그냥 '정'이라며 내 등을 떠미는 어머니의 손길에서 온기를 느낀다. 잇속을 챙기는 게 잘 사는 법이라 여겼던 내가, 베푸는 사람이 되리라 결심하게 만든다.

내가 좋아하는 또 한 명의 어머니는, 어엿한 상호가 있는데도 내가 멋대로 '할머니네'라고 부르는 치킨집 사장님이다. 일흔도 훨씬 넘은 어머니가 나이만큼 오래된 가게에서 닭을 튀긴다. 얼마나 쓸고 닦는지 낡은 테이블이 기름기 하나 없이 매끈하다. 주말 저녁에 '오늘은 그냥 배달해서 먹자' 하다가도,

어머니 얼굴이 떠오르면 슬리퍼를 꿰어 신고 나간다. 배달도 카드도 안 되는 할머니네 치킨집으로 간다. 흰 폴로 셔츠에 분홍 립스틱을 바른 어머니를 보니, 안 감아 기름진 머리에 무릎 나온 바지를 입은 내가 한심하다.

"어머닌 어쩜 이렇게 예쁘게 하고 다니세요, 가게 청소는 힘 들지 않으세요?"

내가 묻자, 어머니가 부끄럽다는 듯 웃으며 말했다.

"사람은 항시 자신을 가꿔야 해요. 남한테 잘 보이려는 게 아니라 나를 위해서 그래야 해요. 아침에 싹 씻고 분을 바르면 내가 귀해져요. 귀한 나에 맞게 주변을 쓸고 닦으면 깨끗한 사 람만 내 가까이에 오더라고. 좋은 사람을 만나면 좋은 일만 생 겨요. 내가 더럽고 가게가 지저분하면 딱 그런 치들만 꼬이거 든. 잘 사는 비법이 따로 없어요."

나도 가꾸고 살아야지. 나를 위해서 내 곁에 올 사람을 위해 서 주변을 깨끗하게 해야지, 또 결심하고 만다.

이야기를 들려주는 어머니, 정 많은 어머니, 열심히 살자고 마음먹게 만드는 어머니를 떠올리며 시간이 많이 흐른 후의 내 모습을 그려본다. 나는 생각나면 웃음 지어지고 얼굴 보 면 반가워 달려가게 되는 사람이 될 수 있을까. 보고 싶고 닮고 싶은 어른이 동네에 있다는 건, 집 가까이에 책방이나 도서관이 있는 것처럼 운이 좋은 일이다. 문득 어머니들의 안부를 생각한다. 어른들이 건강해야 맛난 거도 얻어먹고 재미난 이야기도 계속 들을 수 있을 텐데. 미용실 어머니는 개 변 누이러 새벽마다 뒷산에 오른다고 했고, 가게 어머니는 교회 신방 때문에 사흘 걸러 만 걸음이나 걷는다고 했다. 운동 삼아 건물 청소 일까지 한다는 치킨집 어머니의 관절을 걱정하다 피식 웃어버렸다.

우라질 년.
제 엄마는 빨리 죽길 바라면서, 이름도 모르는 동네 어머니들의 무병장수는 켜켜이 바라고 있었다.

행복의 모양

행복은 어떻게 생겼을까. 친구는 반려견의 촉촉하고 세모난 코가 행복의 모양이라고 말했다. 훈련소에서 먹은 초코파이 맛이 잊히지 않는다던 선배에게 행복은 둥근 모양일 테고, 학자금 대출을 다 갚은 날 엄마에게 처음으로 용돈을 드렸다는 후배에게 행복은 봉투의 네모 모양, 웃음 짓던 엄마의 반달 눈 모양일 것이다. 내가 아는 행복의 모양은 돈가스 식당에 있었다. 동그랗고, 네모나고, 별처럼 반짝이던 행복의 모양이 전부 거기에 있었다.

우리 가족이 아직 행복했을 때 제일 좋았던 기억은, 한 달에 한 번 아빠 월급날에 하는 외식이었다. 나는 리본이 달린 블라우스를 입고 엄마도 남색 주름치마를 입었다. 나는 엄마의 손을 잡고 엄마의 저쪽 손은 동생이 잡았다. 서로 질세라 엄마의 손을 흔들면, "요 녀석들아, 엄마 팔 빠지겠다" 하고 엄마가 우스갯소리를 했다. 우리는 엄마의 엄살이 재밌어서 강아지 방울처럼 까르르하고 웃었다. 버스 정류장에 서서 아빠를 기다렸다. 버스에서 내리는 사람이 전부 아빠였다가, 아빠가 아닌 사람으로 지나쳐갔다. 이 버스일까 다음 버스일까를 헤아리며 지쳐갈 무렵, 정말 우리 아빠가 버스에서 내렸다. 아빠는 우리를 보고 활짝 웃었다.

"얼마나 기다렸어?"

아빠가 물었다. "오래요. 애들이 빨리 나가자고 좀 보채야지요." 엄마가 우리 탓을 해도 웃는 얼굴이었다. 동생과 나는 엄마 아빠의 손을 한쪽씩 잡으려고 서로 이리 밀고 저리 끌고 하다가, 누나가 돼서 동생한테 양보도 못 하냐는 꾸지람을 듣고 엄마의 손을 놨지만 싫지만은 않았다. 서녁노을에 비친 우리의 그림자는 손을 잡고 이어진 높고 낮은 산 모양이었다.

멀리 식당 간판이 보이기 시작하면, 내 마음은 잘 쓴 글짓기를 낭독하는 날처럼 두근거렸다. 식당 앞엔 택시와 자가용이 늘어서 있고, 식사를 마치고 나온 사람과 들어가려는 사람이 줄지어 엇갈리는 바람에 문은 더운 날 부채처럼 펄럭였다. 다가갈수록 고소한 기름 냄새가 진동해서, 나는 안달이 나 쟁기 끄는 황소처럼 엄마 아빠의 손을 당겼다.

"빨리, 더 빨리 가요. 우리가 도착하기도 전에 돈가스가 다 팔리면 어떡해요."

식당 앞에는 노란 셔츠를 입은 택시 아저씨들이 웃는 입에 이쑤시개를 물고 있었다. 주황 전구가 반짝이는 간판엔 '굴다리 기사식당 돈가스'라고 쓰여 있었다.

가게 안엔 손가락 발가락을 다 굽어 세어도 모자랄 만큼의 식탁과 의자를 채운 더 많은 사람이 있었다. 큰 접시를 여러 개 들고 오가는 아주머니는 스케이트라도 신은 듯 매끈하게 식탁 사이를 오갔다. 뜨거운 기름에 고기 넣는 소리, 바쁘고 시끄러운 나머지 고함치듯 주문하는 목소리가, 바쁜 주방을 배경으로 한 라디오 드라마처럼 극적으로 들렸다. 아빠는 돈가스를 세 개만 주문했다. 동생과 나눠 먹으라는 아빠의 말이 야속해서 입이 삐죽 나왔다. 금방 노란 수프 네 개가 상 위에 올려졌다. 우리가 깜짝 놀라 쳐다보자, 아주머니가 말했다.

"사람이 넷인데, 수프가 셋뿐이면 서운하잖아."

나는 아줌마가 단박에 좋아졌다. 덕분에 수프 한 그릇이 온전히 내 앞으로 왔다. 나는 아빠를 따라 도자기 통을 손가락으로 톡톡 쳐 후추를 뿌렸다. 동생은 자기가 한다고 설치다가, 수프에 후추를 왕창 쏟았다. 아빠가 숟갈로 얼른 걷어서 당신 입에 넣었다. "아휴, 매워." 아빠가 이마를 찡그리며 웃고, 나도 웃었다. 동생도 엄마도 따라 웃었다. 나는 둥근 수프 접시가 행복의 모양이라고 생각했다.

수프를 가져다준 예쁜 아주머니가 돈가스도 가져다주었다. 아빠는 돈가스 세 개를 조금씩 잘라서 동생이 먹을 한 접시를 만들었다. 내 거에서 절반을 잘라 가지 않아서 좋았다. 엄마가 동생의 돈가스를, 아빠가 내 돈가스를 네모나게 잘랐다. 작게 자른 돈가스는 먹기에 좋았다.

"원래 돈가스는 한 입 먹을 때마다 잘라서 먹는 거란다."

아직도 이름을 모르는 초록색 동그란 풀도 먹는 거라고 아빠가 일러주었다. 나는 고개를 끄덕였는데, 추가로 알려준 한 가지가 이해하기 어려웠다.

"돈가스를 먼저 먹고 밥을 먹어야 해. 서양은 고기가 밥이고 밥이 반찬이거든."

무심결에 밥을 먼저 먹고는 깜짝 놀라 주위의 눈치를 봤다.

잘못 먹었다고 흉볼까 봐, 돈가스를 이미 먹은 것처럼 밥만 씹어 삼켰다. 아빠는 밥을 추가로 주문했고, 반 남겨놓으라던 수프에 밥을 말아 먹으면 배가 터질 듯이 불렀다. 꼭 그만큼 행복했다.

그때의 엄마 아빠보다 훨씬 나이가 든 지금도 돈가스를 좋아한다. 가끔 근처의 기사식당에 찾아가 먹어보아도 옛날의 그 맛이 아니라 아쉽다. 남산 언덕의 식당과 방송에 나온 경양식 레스토랑, 유명하다는 전문점에 가보아도, 내게는 여전히 굴다리 돈가스가 최고다. 바싹하게 튀긴 돈가스에 흥건히 부어주던 소스, 마요네즈에 버무린 마카로니와 얇게 썬 오이 몇 조각까지. 나는 굴다리 돈가스를 다시 맛볼 수 있을까. 옛날 맛을 정확히 기억하고 있다고, 요즘 돈가스는 그 맛이 아니라고 단언하지만, 아마 내 입맛이 바뀌었을 것이다. 까마득히 어린 나와 그때의 기사식당이라야 찾을 수 있는 맛일 것이다. 수프를 더 내어주던 아주머니, 만족한 표정으로 배를 두드리던 택시 기사, 우리처럼 옷을 차려입고 외식 나왔던 가족들은 지금 어떻게 살고 있을까. 나는 묽었던 수프와 기름을 갈지 않아 짙은 갈색에 가까웠던 돈가스마저도 그리운데.

한 달에 한 번은 돈가스를 먹는다. 조금씩 잘라서 먹고, 돈가스를 먹은 후에 밥을 먹는 순서도 잊지 않았다. 수프를 남겨 밥을 말아 먹는 것까지도.

멍청한 거짓말쟁이

나는 타고난 거짓말쟁이였다. 동시에 곧바로 들키고 마는 멍청이였다. 내 거짓말에 관한 첫 기억은 엄마의 손끝에서 시작한다. 엄마가 카세트 플레이어의 버튼을 딸깍, 힘주어 누르자, 짐짓 화난 척하는 엄마의 말투와 겁을 잔뜩 먹어 주눅 든 내 목소리가 흘러나왔다.

"엄마가 준 돈 다 헌금함에 넣었어?"

"… 응."

"정말 이백 원 다 넣었어?"

"… 응."

"그러면 종이 인형은 어디에서 났어?"

“… 오다가 주웠어.”

“거짓말하면 지옥 불구덩이에 들어간대. 엄마가 준 돈 어디에 썼는지 바른대로 말해봐.”

‘으앙’ 하고 울음을 터트린 나는 울먹이며 답했다.

“백 원은 헌금하고 백 원은 종이 인형 샀어요.”

“다시는 거짓말하면 안 돼. 알았지?”

“네. 다시는 안 그럴게요.”

카세트테이프에 녹음된 엄마의 어투는 화났다기보다 종이 인형을 든 채 오들오들 떨고 있는 내가 귀여워 죽겠는 목소리였다. 엄마는 ‘네가 어릴 때 이런 일도 있었어’ 하며 녹음을 들려준 것이었는데, 나는 내 목소리에 얼굴이 화끈거리고 심장은 복날의 닭처럼 뛰었다. “다시는 안 그럴게요”라고 말해놓고, 또 거짓말을 한 적이 있기 때문이다.

엄마는 낮잠을 자고, 나는 엄마의 주머니 속 동전과 오랫동안 싸우고 있었다.

‘엄마가 깨기 전에 꺼내야 해.’

‘도둑질하면 불구덩이에 떨어진대.’

‘나만 빵빠레를 못 먹어봤는걸. 애들이 그러는데 달고나보다도 맛있대.’

아이스크림의 달콤함이 불지옥의 뜨거움을 이겨버렸다. 나는 자고 있는 엄마의 얼굴을 한참 들여다본 뒤, 깃털처럼 걸어가 벽에 걸린 엄마의 옷에서 동전 세 개를 꺼냈다.

"엄마가 아이스케키 사 먹으라고 돈 줬니?"

가게 아주머니가 믿을 수 없다는 듯이 물었다.

"… 네."

빵빠레를 쥐고 있는 내 손이 염라대왕이라도 만난 듯 떨렸다.

나는 집 앞 현관 턱에 앉아, 길쭉한 플라스틱 뚜껑을 탁, 돌려 열었다. 하얗고 긴 물결무늬를 혀로 주욱 핥았다. 아이스크림은 아기의 분유처럼 부드럽고 달콤했다.

"야!"

그때, 누군가가 부르는 소리에 깜짝 놀라 빵빠레를 냅다 던졌다. 쥐가 자주 튀어나와 피해 다니는 골목의 시멘트 쓰레기통에 던져버렸다. 나를 부른 건 엄마가 아니라 동네 아이였다. 나는 바닥에 털썩 주저앉았다. 엄마인지 확인할걸. 집 앞 말고 멀리 가서 먹을걸.

"나 이거 가져도 돼? 한 번도 못 먹어봤거든."

아이는 내가 바닥에 내려놓은 빵빠레 뚜껑을 가리켰다. '안 돼, 내 거야'라고 말하려 했는데, 아이의 눈빛이 간절해서 고개를 끄덕이고 말았다. 나는 맛은 봤으니까. 아이는 혀를 쭉 내밀어 뚜껑 안쪽에 묻은 아이스크림을 핥았다. 엄마 돈을 훔쳐서 얻은 아이스크림도 떨구고, 뚜껑을 도로 달라는 말도 못 하는 내가 바보 같았다.

며칠 동안, 병원에 주사 맞으러 온 아이처럼 이름이 불리지 않길 바라며 지냈다. 옷 주머니의 돈을 봤냐고 물을까 봐, 엄마가 나를 부를 때마다 맞지도 않은 주사 자국이 따끔거렸다. 다시는 거짓말을 안 하기로 마음먹었다. 나는 정말로 거짓말하지 않는 착한 아이가 되려고 했다.

늘 늦게 들어오던 아빠가 일찍 온다고 전화했다. 아빠가 엄마는 무얼 하고 있느냐고 물었다. 기껏해야 일곱 아니면 여덟 살이었을 내 심장이 바늘에 걸린 물고기처럼 팔딱팔딱 뛰었다.

"엄마는 뭐 사러 갔어."

생각난 대로 둘러댄 대답이 마음에 들었다. 아빠는 "그러냐" 하고, 저녁은 집에 가서 먹는다고 엄마한테 이르라고 했다. 나는 "예" 하고 대답했지만, 마음은 '아니요'라고 말하고 싶었다. 밖이 어둑해지는데 엄마는 언제 오려나. 아빠가 오기 전에 들어와야 할 텐데. 혹시 엄마가 아빠보다 늦게 올지 모르니 머리를 한 번 더 썼다.

'엄마, 아빠한테는 엄마 시장에 갔다고 했어.'

종이를 찢어 작은 글씨로 적고 두 번 접어, 엄마가 바로 볼 수 있도록 낮은 신발장 위에 올려두었다. 나는 지독하게 멍청했다. 아빠가 먼저 볼 거란 생각은 못 했다. 아빠는 외투를 벗지도 않고 바닥에 앉았다. 내가 쓴 쪽지를 손에 든 채 목덜미에 바위라도 얹은 사람처럼 고개를 숙였다. 내 심장이 귓바퀴로 옮겨간 듯 큰소리로 쿵쾅댔다. 이제라도 거짓말이라고, 내가 마음대로 쓴 거라고 말해야 하나 고민했다. 그러나 아빠의 굳게 다문 입과 깊이 일그러진 이마의 주름이 무서웠다. 그동안 전부 거짓이었냐고, 시장에 가고 이웃집에 갔다는 말이 사실이 아니었냐고 물을까 봐 겁났다. 나는 입을 다물고 장판 무늬만 내려다봤다.

엄마가 옷에 찬바람을 묻히고 들어왔다. 어딜 갔다 오냐고, 매번 애한테 거짓말을 시킨 거였냐고 아빠가 고함쳤다. 친구 만나러 갔다고 있는대로 말하면 될 걸, 왜 거짓말을 하느냐고 엄마가 나를 다그쳤다. 아빠는 친구 누구냐고 소리치고 엄마는 당신이 모르는 사람이라고 답하고, 또 아빠는 어린애들만 두고 늦게까지 싸돌아다녔느냐고 엄마 얼굴에 삿대질했다. 엄마는 "버스를 놓쳐서 오늘만 늦은 거야"라고 말하다가 갑자기 나를 돌아봤다.

"엄마가 오늘처럼 늦은 적이 있니? 내가 너희만 저녁까지 놔둔 적이 있는지 아빠한테 말하란 말이야."

아빠의 눈은 진실을 말하라는 듯 이글거렸고, 엄마의 눈은 영리하게 답하라는 듯 지글거렸다. 점점 어두워지던 창문 바깥, 손가락을 빨며 잠든 동생의 얼굴, 마음껏 볼 수 있어 신나던 텔레비전도 지겨워지던 밤들이 생각났다. 나는 단지 평화를 원했기 때문에 고개를 저었다. 엄마는 나를 당신 앞으로 끌어당기더니 내 머리카락을 어루만지며 말했다.

"쓸데없이 거짓말하지 마. 거짓말은 나쁜 거야."

나는 엄마의 손이 뱀처럼 느껴졌다.

바람이 분다고

아빠는 바짝 마른 말뚝 같았다. 주말에는 나무 베개에 누워 바둑 경기를 보거나 일주일 동안 쌓인 회색 신문을 읽었다. 아빠가 책을 읽으면 나는 발뒤꿈치를 들어 걷고 입만 벙긋거리는 텔레비전 만화를 봐야 했다. 아빠가 오래된 서류 가방을 옆구리에 끼고 출근하면, 엄마는 고삐에서 풀려난 말처럼 달릴 준비를 했다. 어느 날은 친구를 만나러, 또 어느 날은 이모네, 다른 날엔 노래교실에 간다고 했다. 아빠와의 다툼 후 달라진 게 있다면, 네 살 아래의 남동생을 데리고 다니기 시작했다는 것이다.

"나는 왜 안 데려가? 나도 데려가."

나를 보는 엄마의 눈동자가 흔들렸다. 나는 엄마가 외출할 때마다 초등학교 앞 만화방에 맡겨졌다. 나는 그제야 떼쓰는 걸 멈췄다. 처음에는 주인아주머니가 추천하는 어린이 만화를 보다가 위인 만화를 거쳐 명랑 만화로 옮겨갔다. 내게 약간의 문학적 재능이 있다면, 이때 읽은 수없이 많은 만화책에서 기인했는지 모른다. 주인아주머니는 나를 좋아했다. 손님이 드문 가게에 출근하듯 드나들어 반나절을 머무르니, 꽤 이문이 남는 손님이었을 것이다. 엄마가 오면 주인아주머니는 입술에 침을 발라가며 내 칭찬을 했다.

"어린애가 그러기 쉽지 않은데, 몇 시간을 꼼짝없이 앉아서 책만 봐요. 이러다 집안에서 작가 나는 거 아니에요? 박완서 같은 분 말이에요."

"만화가 뭐 책인가요. 다 쓸데없는 농지거리지."

엄마는 주인아주머니가 치근덕거리는 게 싫은지 말을 싹둑 끊었다. 아주머니의 표정은 샐쭉해졌다가 돈을 받으면 금방 풀렸다. 엄마 손에 끌려가는 내 뒤통수에 대고 아주머니가 큰 소리로 말했다.

"내일 또 와라. 신간이 많이 들어오거든."

"만화책 읽는 것이 재미나니?"

엄마가 나긋한 목소리로 물었다. 나는 엄마가 만화를 농지거리라고 한 말이 생각나 망설이다가 고개를 끄덕였다.

"순정 만화만 보지 말고, 소공녀나 안데르센 같은 명작 만화도 읽으렴."

나는 이미 봤다고, 헬렌 켈러와 나이팅게일 같은 위인 만화도 다 읽어봤다고 말했다. 엄마는 "그렇니?"라고 말하며 내 손을 꼭 쥐었다. 엄마가 나를 자랑스러워한다고 느꼈다.

만화방 아주머니가 삶은 고구마와 떡을 떼어 주고, 당신이 먹을 라면에서 몇 젓가락을 덜어주었다. 가게에 딸린 방에 들어가 양은 냄비에 끓인 수제비를 같이 먹기도 했다. 누가 와서 애가 누구냐고 물으면, 주인아주머니는 이질녀가 생겼다고 말하며 웃었다. 듣기에 나쁘지 않았다.

어느 날이었다. 나는 하얀 달력 종이에 그림을 그리고 엄마는 애지중지하는 전축을 마른걸레로 닦고 있었다. 어느 가수의 구슬픈 노래가 흘러나오자, 엄마는 멜로디를 따라 흥얼거렸다. 엄마의 목소리가 백합처럼 아름다워서, 까닭도 없이 눈물이 나려고 했다.

“뭐?”

엄마의 목소리가 전축 바늘처럼 날카로웠다. 긴 손톱이 달린 손이 내 턱을 어그러지게 쥐었다. 이게 그렇게 나쁜 말이었나? 턱이 휘어질 듯 아프고 심장도 비틀어질 듯 요동쳤다. 나는 일그러진 입으로 둘러댔다.

“아니 그냥, 밖에 바람이 분다고요.”

찰싹, 엄마가 독사 같은 눈을 하고 내 뺨을 때렸다.

“나쁜 년. 어디서 못된 거만 배워서 입만 열면 거짓말을 해.”

아마 내가 처음에 했던 말은, ‘엄마 바람났대’였던 것 같다.

“잘못했어요. 다시는 거짓말 안 할게요, 나쁜 말 안 할게요.”

무릎 꿇고 손바닥을 싹싹 빌며 울어도 엄마의 눈꼬리는 내려가지 않았다.

“그 말 어디서 들었어?”

엄마의 눈이 퍼렇다고 느꼈다.

“… 만화방 이모.”

“이모? 그딴 년이 네 이모야?”

엄마가 분이 솟구친 듯 걸레를 던지고 밖으로 뛰어나갔다. 나는 쾅 하고 문이 닫히는 소리에 울음을 그치고 다리를 풀었다. 다시는 만화방 이모를 볼 수 없었다.

　세월이 한참 흐른 후에 '그대 이름은 바람'이라든가, '바람아 멈추어다오'라는 유행가가 인기를 끌었다. 나는 라디오에서 노래가 나올 때마다 엄마의 손바닥이 생각나 움찔했다. 내가 그때 정말 무슨 말을 했던 걸까 궁금하기도 하고, 설령 '엄마 바람났대'라고 했다 한들, 어린애 뺨을 그렇게 갈길 일이었나 싶기도 하다. '사람들 말이 심하네' 하며 넘기면 되는 것을.

　중학교 독서 클럽에서 『작은 아씨들』을 읽었다. 작가라는 꿈을 찾아 뉴욕으로 떠난 '조'가 독일인 교수 '프리드리히'에게 자신의 글을 보여준다. 프리드리히가 좋은 글이 아니라고 말하자, 조는 살인과 피가 나와야 글이 팔린다며, 칭찬 듣자고 굶을 수는 없다며 화낸다. 급기야 당신은 이제 친구도 아니라며 떠나버린다. 나는 어른스러운 조가 솔직한 조언에 몹시 화내는 모습이 이해가 안 간다고 발표했다. 독서반 선생님이 웃으며 말했다.

　"사람은 진실을 말하면 화낸단다."

　그때 왜 갑자기 서슬이 퍼렇던 그날의 엄마가 떠올랐는지 모르겠다. 엄마는 진짜로 바람이 났던 걸까. 정말, 우리가 아닌 다른 사람을 사랑했던 걸까.

부르고 부른 이름

내가 기억하는 최초의 집은 작디작은 방이다. 방 두 개와 작은 거실, 주방이 있는 아파트였는데 주인네가 안방을 쓰고 우리 네 식구가 작은 방에 세 들어 살았다. 불편하고 눈치 보여서 어떻게 사나 싶지만, 80년대에는 서울로의 폭발적인 인구 집중으로 주택이 부족해 다들 그러고 살았다. 그다음에는 거실노 없는 삭은 아파트 방 두 개에 두 식구도 아니고 두 가족이 나누어 살았다. 또 얼마 후에는 형편이 나아진 건지 나빠진 건지, 어느 주택의 3층으로 이사했다. 1층에는 구멍가게가 있고 2층에는 재봉 공장 겸 주인집이, 3층에는 방이 세 개였는데 우리는 작은 방 두 개를 빌려 살았다.

건너편 큰 방에는 은찬이네가 살았다. 은찬이는 세 살쯤 된 남자애였는데 얼굴이 복숭아처럼 희고 포동포동했다. 은찬이 아줌마는 손이 따뜻했다. "둘째는 너 같은 딸이었으면 좋겠다." 아줌마가 두 손으로 내 볼을 감싸고 말할 때 알았다. 아줌마네 방은 햇빛이 잘 들어 환하고 포근했다. 레이스 커튼 아래 창턱에는 이파리를 길게 늘어트린 화분이 있고, 장롱과 서랍장이 똑같은 무늬의 흰색이었다. 벽에는 천사처럼 흰 드레스를 입은 은찬이 아줌마의 사진과 머리에 후광이 나는 긴 머리의 남자 그림이 나란히 걸려 있었다. 방 한가운데는 흰 이불로 덮어놓은 큰 상자가 있었는데, 침대라고 했다. "그게 뭔데요?" "누워서 자는 데야." "여기서요?" "응, 여기서 나랑 은찬이 아빠랑 자고, 은찬이는 자꾸 떨어져서 바닥에 요를 깔고 자." 은찬이 아줌마는 귀엽다는 듯 은찬이를 보며 쿡쿡 웃었다.

나는 이불에 달린 레이스를 만지작거리며 큰 상자 위에 누운 은찬이 아빠를 상상하다가, 우리 엄마 아빠로 생각이 옮겨갔다. 한 방에 모여 살 때도 양쪽 끝으로 돌아누운 등만 보였다. 방이 두 개가 되어서는 밤늦게 들어오고 새벽에 나가는 아빠를 아예 볼 수 없었다. 큰소리가 안 나는 무사한 밤이면 그저 다행이었다. 오히려 아빠가 일찍 들어오는 날이 두려웠다. 아빠는 언젠가부터 전화도 없이 불쑥불쑥 왔다. 집에 쳐들어오는 것처럼 눈을 부라리며 문을 벌컥 열고 들어왔다. 엄마가 있으면 조용한 저녁으로 이어졌고, 엄마가 없으면 집 안은 긴장으로 가득 찼다. 동생 배에서 나는 꼬르륵 소리, 시계 초침 소리를 들으며 엄마의 발소리를 기다렸다. 텔레비전에서 본 대포 소리, 귀신 소리보다 조용한 우리 집이 더 무서웠다.

엄마 아빠의 싸움이 시작되면 은찬이 아줌마가 곧잘 달려왔다. 은찬이 아줌마는 당신의 다리 뒤에 숨는 나를 감싸며 "애들 보는데 그만 하세요"라거나, "애들이 불쌍하지도 않아요"라고 목소리를 높였다. 그래도 싸움이 멈추지 않으면, 나를 자기 방에 데려가 텔레비전을 소리 높여 틀어주고 따뜻한 보리차 물을 마시도록 했다. 내 흐느낌이 멈추지 않자, 아줌마는 나를 당겨 품에 안고 귓가에 속삭였다.

"걱정하지 마. 너는 착하니까 하느님이 지켜주실 거야."

싸움은 덩치 좋은 은찬이 아저씨가 퇴근해서, "거, 시끄러워서 못 살겠습니더. 싸울 거면 밖에 나가서 싸우이소!"리고 천둥처럼 소리쳐야 잠잠해졌다.

어느 날 우리 집에 큰아빠가 왔다. 처음으로 왔다. 나만 보면 예쁘다고 안아주던 큰아빠가, 오늘은 내가 보이지도 않는지 두 번이나 인사해도 눈길 한 번 주지 않았다. 아빠가 나가서 놀라고 했지만, 엄마가 내 손을 붙잡고 놓지 않아서 엄마 곁에 앉았다. 낮게 시작한 소리가 점점 높아졌다. 점잖은 큰아빠가 화난 듯 큰 소리로 말하자, 엄마가 아무것도 모르면서 함부로 말하지 말라고 날카롭게 대꾸했다. 아빠는 자기 형한테 대든다고 엄마 머리채를 잡고, 엄마는 네까짓 거 하나도 안 무섭다고 아빠를 할퀴었다. 기어이 두 남자가 엄마를 패기 시작했다. 엄마가 "아이고 나 죽네" 하고 비명을 질렀다. 웬만한 싸움에 이골이 난 나도 더럭 겁이 났다. 이러다 엄마가 진짜로 죽으면 어떡하지. 둘이 한 사람을 때리는 건 너무하다고 생각했다. 나는 엄마의 어깨를 감쌌다가, 아빠의 다리를 치고, 큰아빠의 등을 당겨보았지만 아무 소용이 없었다. "우리 엄마 때리지 말아요", "아빠 미워", "큰아빠 나빠." 아무리 소리를 질러도, 아무에게도 들리지 않는 듯했다. 바로 건너편 방의 은찬이 아줌마한테도.

오늘따라 은찬이 아줌마는 왜 이렇게 안 오는 거지. 어서 와서 말려주면 좋을 텐데. 은찬이 아저씨는 퇴근할 때가 멀었나. 무서운 목소리로 "그만들 하세요"라고 소리치면 큰아빠도 움찔할 텐데. 나는 은찬이네로 달려갔다. 손잡이를 돌렸지만 문은 열리지 않았다. 방 안에선 텔레비전 소리가 흘러나왔다. 아줌마는 은찬이에게 따뜻한 보리차를 마시게 하고 있을까.

"아줌마, 아줌마! 우리 엄마 좀 살려주세요. 한 번만 더 살려주세요."

애타게 소리쳤지만 잠긴 문은 단단했다. 다시 흠씬 맞고 있는 엄마에게 달려가 아빠를 발로 차고, 큰아빠의 팔을 꼬집었다. 아빠는 나를 짐짝처럼 밀쳐냈다. 그 순간, 은찬이 아줌마가 정말 힘들 때 부르라고 한 이름이 떠올랐다. 간절히 부르면 누구든 나타나 도와줄 거라고 했다. 나는 있는 힘을 다해 큰소리로 부르짖었다.

"하느님 아버지! 주여! 하느님 아버지!"

그때 누가 와서 나를 구원해주었던가? 확실한 건 은찬이 아줌마도 오지 않았다는 사실이다.

나의 그리마 선생님

　은찬이네와 방문을 마주하고 살던 집엔, 아래층의 주인댁 말고도 한 가구가 더 살고 있었다. 1층 길가 쪽으로 가게 세 개가 있고, 마당 안쪽에 창문도 없는 방이 하나 있었다. 방문 앞 뻥 뚫린 공간에 싱크대를 놓고 부엌으로 사용했는데, 뒷마당에 있는 수도꼭지에서 호스를 끌어와 밥을 짓고 설거지했다. 화장실은 가게 사람들과 같이 마당 구석에 있는 간이 화장실을 이용했다. 빛줄기 하나 안 드는 방은, 오래된 책방처럼 바닥부터 천장까지 책으로 빼곡했다. 이 방에 상희의 부모님과 언니, 오빠까지 살았다. 상희는 나보다 한 살 어렸다.

　"우리는 연필처럼 자."

상희가 외국에 다녀온 친척에게 받았다는 선물을 보여주며 말했다. 종이 상자 안에 딱 붙어 나란히 누운 연필이었다.

"이 책들은 누구 거야?"

"우리 오빠. 우리 오빠는 천재야. 모르는 게 없어."

빨간 끈이 밖으로 흐른 책을 당겨보았다. 습기를 먹은 책은 무겁고 젖은 냄새가 났다.

아침이면 상희네 부모님은 일하러 가고 언니와 오빠는 학교에 갔다. 책으로 둘러싸인 상희네 방은 아늑한 동굴 같았다. 우리는 동물 사전을 들춰보다 싫증이 나면 인물 백과를 열어보았다. 파마머리를 한 남자, 치마를 입은 남자도 있었다. 도망가는 원주민에 총을 쏘는 백인 그림은 오싹했다. 그때 등 뒤에서 사부작거리는 소리가 났다. 뒤돌아봤다가 깜짝 놀라 일어났다. 다리 많은 벌레가 벽을 스멀스멀 오르고 있었다.

"아아, 돈벌레. 언니는 처음 봐? 돈벌레가 있으면 부자가 될 십이래."

상희가 뿌듯하다는 듯이 말했다.

"그리마라는 예쁜 한글 이름이 있어. 다리가 많다고 무조건 무서워할 필요도 없고. 바퀴벌레나 모기를 잡아먹으니 익충인 셈이야."

마침 학교에서 돌아온 상희의 오빠가 책가방을 내려놓으며 말했다. 나는 머쓱해져 자리에 다시 앉았다. 어둡고 축축한 방에 나오는 건 그리마뿐이 아니었다. 다리가 길고 등이 굽은 벌레가 애완동물이라도 되는 듯 책장 밑에서 아장아장 걸어 나왔다. 조금 걷다가 펄쩍 뛰기까지 했다. 나는 꺅 하고 소리를 질렀는데, 상희는 별거 아니라는 듯이 나를 보며 웃었다. 상희 오빠가 코팅 책받침으로 벌레를 들어 바깥에다 던졌다.

"저건 꼽등이야. 등이 굽어서 그렇게 불러. 귀뚜라미는 알지?"

상희네 오빠는 책장 맨 아랫단에 있는 크고 두꺼운 백과사전을 꺼냈다.

"여기 보면 꼽등이랑 귀뚜라미랑 비슷하게 생겼지. 둘의 차이점이 뭔 거 같아? 귀뚜라미는 날개가 있고 꼽등이는 날개가 없어. 꼽등이는 죽은 식물, 곰팡이 등을 먹고 산다고 쓰여 있네. 다르게 생겼다고 무조건 징그러워할 필요는 없어. 알고 보면 이로운 게 훨씬 많으니까."

상희 오빠는 백과사전을 여러 번 읽었다고 했다. 특히 관심 있는 것은 곤충 분야. 곤충학자가 되는 게 꿈이라고 했다.

"우리 오빠는 거미도 안 무서워해. 매미, 잠자리 같은 곤충도 손으로 잡을 수 있어."

상희가 자랑스럽게 말했다.

그림자가 길어질 때까지 놀다가 집에 들어가는 길이었다. 우리 집은 상희네 부엌 옆에 있는 철제 계단을 올라가야 있었다. 등을 돌린 상희의 어머니가 부엌 바닥에 쭈그려 앉아 있었다. 감자라도 깎는 중일까. 둥근 전구는 워낙 흐릿해서 어둡기만 했다.

"안녕하세요."

소리 내어 인사했다. 상희 어머니는 움직이지 않았다. 못 들었나? 좀 더 크게 "안녕하세요" 하고 다시 인사했다. 상희 어머니가 스르르 고개를 돌렸다. 어머니의 번쩍이는 두 눈이 나를 노려보는 거 같았다. 내가 뭘 잘못했나? 백과사전을 넘기다가 귀퉁이 찢은 것을 상희가 일렀나. 나한테는 괜찮다고 했는데.

"안녕하…"

다시 한번 인사하려다가 얼어붙었다. 상희 어머니에게 꼬리가 있었다. 그것도 털 없이 맨숭맨숭한 긴 꼬리가. 소름이 쫙뻣 돋았다. 나를 돌아본 것은 사람이 아니라 쥐였다. 정말 상희 어머니만 한 쥐였다(나는 어리고 작았으니 아마 팔뚝만 한 크기였을 것이다). 쥐는 달아나지도 않고 번쩍이는 눈으로 나를 노려봤다. 나는 소리도 못 지르고 도망도 못 간 채, 자리에 박혔다. 조금이라도 움직이면 큰 쥐가 달려와 앞니로 나를 물고, 털 없는 긴 꼬리로 내 발목을 감을 것만 같았다. 그때, 발걸음 소리가 내 뒤에 우뚝 멈춰 섰다. 상희네 오빠였다! 사마귀나 매미도 만질 수 있는 용감한 오빠가 쥐를 물리칠 것이다. 그런데 오빠는 쥐를 잡으러 뛰어가기는커녕, 쳐다보기만 했다. 곤충만 좋아하는 게 아니라 쥐도 좋아하나? 쥐는 병균을 옮기는 해로운 동물이라고 배웠는데. 어서 잡으라고 떠밀어볼까, 생각한 그때였다.

"에구머니나, 저게 뭐야!"

진짜 상희 어머니가 비명을 지르며 쥐를 향해 돌진했다. 부엌 입구에 서 있던 연탄 부지깽이를 낚아채어 쥐를 향해 달려갔다. 안광을 번득이던 쥐는 상희 어머니를 보자마자, 있는 줄도 몰랐던 벽의 구멍으로 쏙 들어갔다. 상희 어머니는 벽 틈에 부지깽이를 넣어 쑤시며 말했다.

"집구석에서 별게 다 나오네, 이러다가 돌아가신 조상님도 나오겠어."

그러다 우리 쪽을 보더니, 또 "에구머니나" 하고 탄성을 질렀다. 나는 내 뒤에 쥐가 나타난 줄 알고 펄쩍 뛰었다. 상희 어머니는 부지깽이를 들어 오빠를 향해 휘둘렀다.

“중학생이나 되어서 오줌을 지려? 아는 척 꼴값은 다 떨더니, 쥐는 무섭냐. 이 버러지 같은 놈아.”

나는 얼른 집으로 뛰어 올라갔다. 나는 오빠가 실수한 걸 아무한테도 말하지 않았다.

상희네가 이사하게 되었다. 방이 두 개나 되는 지상 집이라고 했다. 트럭에 책장과 노끈으로 묶은 책 꾸러미가 실렸다. 이불 더미와 밥솥, 테두리가 떨어져 나간 나무 밥상도 올려졌다.

“돈벌레를 죽이면 안 된다는 거 잊지 마.”

상희가 진지하게 말했다.

“그러면 이제 그리마랑 꼽등이를 못 보는 거야?”

내가 묻자, 상희가 “아마도”라고 답했다. 진짜 애완동물이라도 잃은 듯 아쉬운 표정이었다. 나를 본 상희 오빠가 할 말이 있는 듯 급히 다가왔다.

“작은 무척추동물을 벌레라고 하는 건 내가 말해줬지? 징그럽게 생겼다고 무조건 벌레라고 부르면, 벌레는 억울해. 사람한테 버러지라고 해도 안 되고.”

나는 고개를 끄덕였다. 오빠는 내 손에 연필 한 자루를 쥐여 주었다. 노란 개나리 색깔의 미제 연필이었다.

상희 오빠는 내게 그리마와 꼽등이를 알려주었다. 여름 뒷마당에서 방아깨비와 무당벌레를 보여주고, 메뚜기나 사마귀를 잡아다 손등에 올려주기도 했다. 늦여름엔 매미 이야기를, 가을이면 귀뚜라미 소리도 들려주었다. 낯선 존재를 열린 마음으로 바라보고, 벌레를 낮추는 말로 부르지 말라고도 알려주었다. 상희네 오빠는 곤충학자가 되었을까. 꼭 이름 있는 무엇이 되지 않았어도 상관없다. 오빠는 이미 나의 그리마 선생님이었으니까.

할아버지가 가르쳐준 것

까만 얼굴에 주름이 깊은 친할아버지는 담배 농사꾼이었다. 시외버스에서 내리고도 해가 지도록 걸어가야 나오는 할아버지네 집, 그 앞의 푸른 담배밭은 내가 아는 바다보다 컸다. 뒷산과 이어지는 비탈진 언덕에는 빨간 뱀딸기가 수두처럼 열려 있었다. 할아버지의 두툼한 손이 내게 열매를 건넸다. 색깔만 예쁘고 아무 맛도 나지 않는 맹탕이었다. 무엇보다 뱀이 스쳤을 것만 같아, '퉤' 하고 뱉어버렸다. 할아버지는 전매청에 다니는 아빠를 자랑스러워했다. 바람 한 점 없는 땡볕 아래 길고 큰 담뱃잎을 따노라면 고되기는 해도, 당신이 키운 담배가 아들 직장으로 간다고 생각하면, 정성이 들어가고 홍이 난다고 했다. 농사꾼은 밭에 가는 일을 하루도 거르면 안 된다고 말하던 할아버지가 우리 집에 왔다. 제일 중요한 계절이라는 여름에 왔다.

할아버지도 아빠처럼 종일 신문을 보거나 바둑판 앞에만 있었다. 할머니는 걸레로 방을 훔치거나 작은 거울을 놓고 족집게로 흰머리를 뽑았다. 할머니는 내게 정 있는 말 한마디를 안 했는데, 훗날 알고 보니 할머니는 할아버지의 세 번째 부인으로 우리 아빠와 사이가 매우 안 좋았다고 한다. 그러니 내게 다정할 리 없었다(당시엔 찢어지게 가난하고 꽃미남이 아니어도 홀아비로 사는 일은 드물었다고 한다). 여섯 식구가 지내기에는 방이 좁았다. 나와 동생을 가운데 두고 내 옆에는 엄마와 할머니가, 동생 옆에는 할아버지가 누워 잤다. 아빠는 있으나 마나 한 작은 방에서 말발굽처럼 구부리고 잤다. 방도 좁은데 오가는 말도 없어서 답답한 공기가 더 더웠다. 간혹 할머니와 엄마가 얘기를 나누는 듯했으나 몇 마디 가지 않았다.

할아버지는 내게 종이로 거북이 접는 법을 알려줬다. 신문으로 비행기를 접어 날리고 모자도 접어 내 머리에 씌워줬다. 바둑 두는 법도 알려줬는데, 내가 흉내 내는 눈썰미가 있다고

말하며 껄껄 웃었다. 오목과 장기도 제법 상대가 된다며 칭찬
했다. 나는 신문의 영화 광고를 오리며 놀았는데, 제목에 모
르는 한자가 나오면 동그라미를 쳐두었다가 할아버지께 물
어봤다. 할아버지는 볼펜을 그어가며 획과 부수를 알려주고
뜻을 설명해주었다. 광고에 예쁜 여자가 나오면 유심히 보다
가, 역시 배우는 김지미가 최고라고 말했다. 그러면 뜨개질하
던 할머니가 여우 눈을 하고 할아버지를 흘겨봤다. 할아버지
는 심심했는지 라이터로 동생의 눈썹을 그을리고(엄마가 기겁
했다), 나를 장롱에 가두고 다리가 달린 나무 바둑판으로 막아
못 나오게 하는 장난을 했다. 처음에 나는 꺼내달라고 울고불
고했는데, 어둠이 눈에 익자 아늑한 장롱 안이 좋아졌다. 나
는 점차 제 발로 그림책도 들고 들어가고, 신문도 가져가 장
롱 안에서 가위질했다. 할아버지가 옷더미를 치워주고 담요
를 깔아줬다. 문틈으로 낮에는 해가, 저녁에는 형광등 불빛
이 들어왔다.

　장롱 안에서 자고 있던 나는 밖의 큰 소리에 눈이 떠졌다. 담
배밭에 벼락이라도 떨어진 것처럼 모두 화난 목소리였다. 문
틈에 눈을 댔다. 담배 연기처럼 흰 머리칼의 할아버지가 엄마
에게 소리치고, 산딸기보다 검붉게 변한 아빠의 얼굴이 엄마

에게 삿대질했다. 할머니는 이게 뭔 난리인가 싶은 표정으로 이쪽저쪽을 오가며 말리고 있었다. 수확 시기를 놓친 담뱃잎처럼 고개를 푹 숙이고 있던 엄마가 더는 못 참겠다는 듯이 목을 들고 대들자, 할아버지가 큰 손을 들어 엄마의 따귀를 때렸다. 나랑 오목을 두고 한자를 알려주던 손으로 엄마를 내리쳤다. 놀라서 딸꾹질이 나왔다. 나는 걸려 있던 옷가지로 입을 틀어막았다.

다시 정신이 들었을 때, 밖은 소나기가 그친 오후처럼 조용했다. 장롱문을 미는데 꿈쩍도 하지 않았다. 할아버지가 바둑판 치우는 걸 잊었나 보다. 할아버지, 하고 불렀다. 할머니와 엄마도 대답이 없었다. 다들 어디로 간 것일까. 꿈이었던 걸까, 끌어안은 이불에선 내 침 냄새가 나는데. 문틈의 태양 빛은 사그라들고, 어둠이 밤의 강물처럼 스며들었다. 나 춥고 배도 고픈데, 쉬도 마렵고 쥐 소리도 들리는 것 같아 무서운데. 할아버지이, 은찬이 아줌마아. 꽉 쥔 주먹으로 장롱문을 두드러봐도, 형광등은 행복이라는 뜻이라도 가진 말처럼 내 앞에 켜질 줄 몰랐다.

아마 할아버지는 아들의 불화 소식에, 며느리를 반쯤은 달래고 나머지는 혼낼 작정으로 우리 집에 머물렀던 것 같다. 좁은 방에서 시부모와의 동거는, 엄마에게 옴짝달싹할 수 없는 마구간에 갇힌 기분을 들게 했을 것이다. 오랜만의 외출에 저녁이 되어 돌아온 엄마를, 이때다 싶어 할아버지가 혼내고 때마침 들어온 아빠까지 합세해 잡도리했다는 게, 내가 문틈으로 본 그날의 앞뒤 사정이다.

다음 날 할아버지와 할머니는 시골로 돌아갈 채비를 했다. 아빠가 면목이 없다며 고개를 숙였다. 아빠 뒤에 그림자처럼 고개를 숙인 엄마도 담배밭이 걱정이라며 죄송하다고 말했다. 중절모를 쓰고 가방을 든 할아버지가 짐짓 엄한 목소리로 말했다.

"농사 따위는 한 해 걸러도 상관없다. 하지만, 사람은 때를 놓치면 돌이킬 수 없다. 불철주야 공을 들여야 하는 게 가정이고 식구다."

나는 동생에게 오목과 알까기를 가르쳤지만 녀석은 신통치 않았다. 오목은 몇 수 안 가 끝났고, 알까기는 날아간 바둑돌 줍기에 바빴다. 엄마를 때리던 할아버지는 미웠지만, 나는 놀아주는 사람이 좋은 어린아이였기에 담배 추수가 끝나면 온다는 할아버지를 기다렸다. 틈이 나는 대로 거북이를 접고 모르는 한자가 있는 영화 광고도 모아두었다. 코끝이 시린 아침이 지나고, 연탄불 온기를 찾아 요 밑으로 발을 밀어 넣는 계절이 끝나도 할아버지는 오지 않았다. 아빠에게 물으면, 지금은 담뱃잎 말리는 때라서 바쁘고 또 요즘은 담배 씨앗 키우는 시기라 바쁠 거라고 말했다.

잠깐의 놀이터일 줄 알았던 장롱은 오랫동안 나의 동굴이 되었다. 울적하고 외로운 날, 기운이 없는 날에도 안으로 들어가 이불을 안고 누우면 마음이 편안해졌다. 해가 갈수록 들어가고 싶은 날이 많아졌다. 그날도 학교에서 돌아와 빈집보다 더 깊은 곳에 들어가려 장롱을 열었더니, 웬 종이 한 장이 들어 있었다. 아빠의 글씨였다.

'할아버지가 돌아가셔서 시골에 며칠 다녀온다. 이 돈으로 동생이랑 맛있는 거 먹고 있어. 그리고, 네 엄마 때려서 미안하다고 할아버지가 전하랬는데, 이제야 말한다. 나도 미안하다.'

할아버지는 그날 내가 장롱 안에 있던 걸 알고 있었구나, 나를 잊지 않았었구나. 나는 장롱 깊은 곳에 숨겨두었던, 할머니 몰래 할아버지에게 주려고 모아둔 영화 광고지를 꺼냈다. 예쁜 김지미 씨가 웃고 있었다.

어느 겨울밤에

할아버지가 다녀간 후 엄마는 새사람이 된 듯했다. 외출은 덜하고 집에 머무르는 시간이 길어졌다. 엄마는 나를 노래교실에 데려가고, 이모네와 친구네에도 데리고 갔다. 가봐도 또래 친구나 동화책 하나 없는 재미없는 곳뿐이어서 나는 집에 빨리 가자고 졸라댔다. 그러면 엄마는 아쉬워하며 집으로 돌아왔다. 임마는 동네 친구를 사귀었다. 학교를 마치고 집에 가면 신발이 많았다. 옆집 사는 진원이 이모와 건너편의 민수 이모, 뒷골목에 사는 미옥이 이모가 초록색 모포를 깔고 놀았다. 나는 서둘러 책가방을 던져놓고 이모들 곁에 앉았다.

"커피 타드릴까요?"

이모들은 "좋지" 하며 내 궁둥이를 두드렸다. 나는 심부름을 하거나 엄마를 부르러 온 아이들을 데리고 놀면, 내 앞으로 동전이 생기는 걸 알았다.

나는 쟁반에 엎어져 있는 흰 도자기 잔 네 개를 바로 세운 후, 커피와 프리마, 설탕이 담긴 유리병 뚜껑을 열었다. 단 걸 좋아하는 진원이 이모는 하나 둘 셋, 목소리가 큰 민수 이모는 둘 둘 하나, 미옥 이모와 우리 엄마는 하나 둘 둘이었다. 큰 보온병의 마개를 열어 뜨거운 물을 부으면 부드럽고 단 냄새가 올라왔다. 찻잔을 받은 이모들은 커피값으로 동전을 주었다. 나는 일부러 빨간색 돼지저금통을 가지고 나와 이모들이 보는 앞에서 동전을 밀어 넣었다. 이모들이 "착하다, 야무지다" 하고 나를 칭찬하면, 엄마도 기분도 좋아 보였다. 동전만 기다린 건 아니었다. 엄마가 내려놓은 커피잔의 남은 한 입은 세상에서 가장 달콤한 맛이었다. 미처 덜 녹은 설탕 덩어리가 입에 들어오면 침이 고이고 눈앞이 아득해졌다. 설탕이 남겨지도록 엄마가 일부러 젓지 않았다는 건, 훗날 내가 커피를 마시면서 알게 되었다.

꽃과 새 그림이 모포 위에 내려쳐지고 빨간색 카드가 바닥에서 빙빙 휘둘러질 때, 엄마 옆에는 말끔하게 양복을 차려입은 남자가 있었다. 그는 그림 카드의 향연에 즐거워하면서도 할 말이 있는 듯 입을 옴짝거렸고, 이모들은 애써 그의 존재를 부정하고 싶어 하는 눈치였다. 그는 아동 전집을 팔러 온 외판원이었다. 양복쟁이 아저씨가 사각 가방에서 홍보물을 꺼내 펼치면, 나는 설탕 한 주먹을 입에 넣은 듯 황홀경에 빠졌다. 세계 아동 문학 전집과 최신 백과사전, 카세트테이프가 부록인 영어 교재가 전지 위에 총천연색으로 빛났다. 나는 책 사진을 보는 것만으로도 신이 나서, 번들거리는 카탈로그를 손가락으로 수없이 문질렀다.

외판원 아저씨는 책을 복사해서 몇 장씩만 나눠줬다. 책을 안 좋아하거나 글자를 모르는 아이도 그걸 갖고 싶어 안달 나 했다. 나는 일부분만 가지고 책의 나머지를 상상하거나, 민수와 미옥이가 받은 부분과 합해 얼토당토않은 이야기를 만들어내기도 했다. 나는 복사 책을 더 얻으려고 계몽사 아저씨는 둘 둘 셋, 금성사 아저씨는 둘 셋 둘을 외웠다가 커피를 내놓았다. 내가 카탈로그에 눈을 빛내는 데다가 커피까지 갖다 바치니, 아저씨들의 공세는 우리 엄마에게 향했다.

"아이가 총명해요. 책을 많이 읽혀야 합니다."

"커피 얻어 마신 값으로 싸게 드릴게요. 특별히 최고급 책
장도 드릴게요."

외판원 아저씨의 눈이나 내 눈빛이나 간절하기로는 모포를
뚫고도 남았을 텐데, 엄마는 화투장만 볼 뿐 아저씨는 물론 나
와도 눈을 맞추려 들지 않았다. 내가 엄마의 옷자락을 잡아끌
면, "이모들 돈 다 따서 사줄게" 하고 너스레를 떨다가, 그래도
놓지 않으면 "겨울방학 날 꼭 사줄게" 하고 약속했다. 나는 주
욱 커피를 탔고 외판원들도 종종 우리 집에 왔으며 엄마는 거
듭 약속했다. 겨울이 오기 전에 문학 전집을 사주겠노라고.

겨울을 많이 기다렸다. 계몽사와 금성사 아저씨도 나만큼
하얀 계절을 기다렸을 것이다. 그러나 그 겨울은 오래오래 아
니, 영영 오지 않았다. 엄마는 집을 떠났다. 전집은커녕 편지
한 장, 옷 한 벌 남기지 않고 하루아침에 사라졌다. 엄마가 떠
난 후, 집은 폭설이 내린 들판처럼 고요해졌다. 이모들의 웃음
소리와 외판원의 카탈로그는 눈 속에 파묻힌 듯 사라졌고, 모
두의 커피 기호를 달달 외우던 나의 총명함도 쌓인 눈과 함께
녹아버렸다. 커피잔에 남은 달콤한 한 입과도 영영 이별이었
다. 어느 날 맥심에 낀 곰팡이를 걷어내고 설탕을 잔뜩 넣어
만든 커피를 마셔보았지만, 내가 알던 맛이 아니었다. 엄마는

집의 소리와 맛, 향기까지 가지고 가버렸다.

어느 날 밤이었다. 누가 흔들어 깨어보니 엄마였다. 꿈인가 싶어 놓칠세라 와락 끌어안았는데, 엄마의 코트가 마당의 수도꼭지처럼 차가웠다. 엄마가 어떻게 집에 들어왔는지, 아빠는 왜 보이지 않는지 알 수 없었다. 엄마는 나를 욕실로 데려갔다. 뜨거운 물이 양동이에 차오르자, 얼음처럼 차갑던 화장실이 저녁의 국숫집처럼 따뜻해졌다. 내가 안아서 머리를 감겨달라고 했다. 엄마는 "다 큰 녀석이" 하면서도 나를 팔에 안아 눕혔다. 나는 맨살에 닿은 엄마의 팔과 가슴팍을 손가락으로 살살 어루만졌다. 왠지 예전처럼 마음대로 만지면 안 될 듯했다.

"눈 감아."

엄마가 말했다. 바가지의 따뜻한 물이 머리에서부터 흘러내렸다. 비눗물이 눈에 들어와 매웠지만, 투정부리고 싶지 않았다. 나는 눈을 더 꼭 감았다. 두 번 세 번 물이 흐르고 비누의 매운 기가 씻기자, 나는 살짝 눈을 떴다. 엄마의 얼굴은 지쳐 보였다. 물과 땀에 젖은 머리칼이 얼굴에 달라붙어 있었다.

'안아 달라고 하기엔 내가 너무 컸지.'

뒤늦게 후회했지만, 그 순간이 너무 좋아서, 어쩌면 마지막

일지 몰라서 가만히 엄마 얼굴을 올려다보았다. 그때 엄마의 얼굴에서 땀 한 방울이 떨어졌다. 나는 얼른 눈을 감았다. 지금 생각해보면, 그건 땀이 아니라 눈물이었는지도 모르겠다.

　엄마가 가방에서 무언가를 꺼내 내밀었다. 모양과 크기로 보아, 책인 듯했다. 엄마만 와도 좋은데 선물이라니. 포장을 살살 만졌더니 엄마가 선물은 마구 뜯는 거라고 했다. 나는 포장지를 북 하고 찢었다. 종이 사이로 한복을 입은 소녀 그림이 나왔다. '신사임당'이었다. 나는 두껍고 딱딱한 양장 표지를 톡톡 두드려 보고 가슴팍에 안아보기도 했다. 표지를 열자, 쩍 하고 책이 벌어지는 소리가 났다. 책장은 한 장 한 장 매끄럽고 새하얬다. 나는 손가락으로 까만 글씨를 짚어가며 글을 읽기 시작했다. 엄마가 나를 보는 걸 알아서, 일부러 고개도 안 들고 책을 읽었다. 내가 이렇게 대견하니까 계속 나를 보라고, 그러니 어디 가지 말라고 바라며 읽었다.

　"엄마, 안 갈 거지? 어디 가면 안 돼."

　엄마는 건전지가 다 떨어진 인형처럼 희미하게 고개를 끄덕였다. 나는 엄마의 손가락을 꼭 붙들고 잤다. 밤새 몇 번이나 깨어 엄마가 있는지 확인했다. 엄마의 살짝 벌린 입에서 나는 낮고 고른 숨소리를 들은 후에야, 나도 깊이 잠들 수 있었다.

아침이 되어 눈을 떴을 때, 내 옆에 누워 있던 엄마는 없었다. 당장이라도 눈물을 쏟을 듯 심장이 곤두박질쳤다. 나는 이불을 박차고 일어나 부엌에 갔다가, 작은방 문을 열고 화장실도 열어보았다. '라면을 사러 갔을지도 몰라.' 구멍가게로 뛰어갔다가, '엇갈렸나? 지금쯤이면 다시 와 있겠지' 하고 집으로 달려왔다. 내가 닫지 않고 나간 문 때문에 방은 차가웠고, 내 발가락은 여름에 사놓고 잊은 비비빅처럼 얼어 있었다.

'엄마가 온 게 꿈이었나? 살결이 이렇게 보드라운데, 머리카락이 찰랑이는데 꿈일 리 없잖아.'

내 베개 밑에 책의 귀퉁이가 보였다. 책을 펼치자, 대관령 언덕에 주저앉아 옷고름으로 눈물을 닦는 신사임당 그림이 나왔다. 울고 있는 여자가 어제는 엄마 같았는데, 오늘은 나처럼 보였다. 나는 엉엉 울다가 갑자기 부아가 나, 책을 구석으로 힘껏 던져버렸다.

"책 따위! 그리움 따위! 다 싫어, 나 미워!"

겨울방학식 날 밤이었다.

애 머리에 벌레가 있어요

겨울밤에 엄마가 온 건 책을 사주겠다는 약속을 지키기 위해서가 아니라, 씻는 법을 가르치라는 아빠의 말을 들어서인 듯했다. 엄마는 나를 안은 채 머리를 감기고, 다시 일으켜 세운 다음에 머리 숙여 감는 방법을 알려주었다. 양치하는 법, 귀 뒤와 목덜미를 문질러 닦는 법, 쪼그려 앉아 뒷물하는 법까지 설명했다. 갑자기 많은 숙제를 받은 나는 어안이 벙벙해서 오뚝이 인형처럼 멀뚱히 서 있었다. 내 표정을 본 엄마는, "네 아비는 뭘 하고 다니길래 애를 이 꼴로 만드니?" 하고 한숨 쉬었다. 엄마는 내 머리를 빗으며, "잘 씻어야 엄마 없는 티가 안 나지"라고 말했다. 나는 괜히 서글퍼졌다.

목욕하는 법을 배웠지만 오래도록 제대로 씻지는 못한 것 같다. 그날 그 남자아이의 이름과 표정이 몇십 년이 지난 지금까지도 생생한 걸 보면. 밝고 조용한 교실에 비명이 울렸다. 그것도 아주 가까이에서. 칼라 셔츠를 입고 다니는 김재형이 나를 귀신 보듯 쳐다보며 울먹거리고 있었다.

"김재형, 왜 그러니?"

칠판에 글씨를 쓰던 선생님이 뒤돌아서 물었다.

"얘 머리에 벌레가 있어요."

"벌레는 날다가 앉을 수도 있어."

"한 마리가 아니란 말이에요."

김재형은 끔찍해 죽겠다는 표정으로 아예 의자에서 일어났다. 여자아이들의 얕은 비명과 남자아이들의 웅성거림이 들렸다. 나는 무슨 일인지 몰랐다.

"너는 이리 나와봐."

선생님이 처음으로 나를 불렀다. 반 친구들도 전학생 보듯 나를 쳐다봤다.

"뒤돌아."

칠판과 선생님을 등지고 반 아이들을 향해 섰다. 얼굴이 뜨거워지고 오줌보가 쪼그라들었다. 아이들의 눈은 호기심과 공포로 반짝였고, 괴물이라도 보는 듯한 김재형의 눈은 선생님의 심판을 기다렸다. 내 머리를 만지던 선생님의 손이 흠칫 멈추자, 목덜미가 뻣뻣해졌다. 선생님의 손톱이 내 머리를 한 번 꾹, 목의 뭔가를 잡아다가 다시 꾹 눌러 터트렸다. 선생님이 말했다.

"진짜 벌레가 있긴 있었네. 그런데 딱 두 마리였고 선생님이 다 잡았으니 이제 없단다. 너도 들어가고 김재형도 자리에 똑바로 앉아."

두 마리가 전부라는 말은 나도 믿기지 않았고 짝꿍은 더 믿지 않았다. 김재형은 아예 등을 돌릴 듯 멀찍이 떨어져 앉았고, 나는 목덜미에 쌓인 아이들의 시선을 자꾸만 쓸어내렸다.

선생님에게 전화를 받았는지, 아빠가 나를 미용실에 데려갔다. 아빠는 아주머니에게 돈을 쥐여주고 문을 닫고 가버렸다. 미용실 아주머니가 "요새도 머릿니가 있어?" 하고 놀라더니, 내 머리를 구둣솔처럼 바짝 잘라놓았다. 다음 날 어색해진 짧은 머리를 하고 학교에 갔다. 아이들이 남자 같다고 놀리면 배시시 웃어줄 생각이었는데, 아무도 내게 알은 척을 안 했다. 선생님이 나를 보더니 "머리 예쁘게 잘랐네" 하고 웃어주었다. 선생님이 여태 내 이름을 몰랐다는 걸 봐주기로 했다. 김재형은 아주 조금, 내 쪽으로 몸을 틀었다.

불행이 준 축복

검은 하늘에서 세찬 비가 쏟아졌다. 나는 실내화를 갈아신다 말고 하늘을 보며 우두커니 서 있었다. 아이들이 속닥거리는 소리가 들렸다.

"쟤는 왜 아빠가 데리러 와?"

"부모님이 이혼했대."

내 얘기가 아니었다. 술에 절어 사는 아빠는 태풍이 불어 나무가 부러지고 간판이 날아다닌대도, 나를 데리러 올 사람이 아니었다. 운동장에 아빠와 한 우산을 쓰고 걸어가는 아이가 보였다.

'쟤도 나처럼 엄마가 없구나.'

민지는 조용하고 말이 없는 아이, 수줍음도 많아서 혼자 있는 아이였다. 나는 실내화 주머니를 머리에 올리고 빗속으로 뛰어 들어갔다.

어느 날 민지에게 말을 걸었다. 친구가 간절해서 낸 용기였다. 민지라면, 내가 엄마가 없다고 해도 '밥은 누가 해줘?', '잠은 누구랑 자?' 같은 걸 이상한 눈으로 묻지 않을 듯했다. 민지는 웃는 얼굴로 내 말을 잘 들어주는 아이였다. 민지 아버지는 딸이 친구를 집에 데려오는 일이 기쁜 듯했다. 내게 어디 사냐, 부모님은 뭘 하시냐 등은 묻지도 않고, 라면도 끓여주고 달걀도 부쳐서 내주었다. 민지 아버지는 아침마다 왕방울로 민지의 머리를 묶어주고, 손잡고 가는 우리의 뒷모습이 안 보일 때까지 골목 끝에서 손을 흔들었다.

우리가 제법 가까워졌다고 느꼈을 때, 아무에게도 말하지 않은 비밀을 털어놓기로 했다. 민지네는 밥을 먹으려던 참이었는지 방 한가운데에 상이 펴져 있었다.

"어쩐지 넉넉히 끓이고 싶더라. 어서 와서 앉으렴."

나는 무척 배가 고팠고, 민지 아버지와도 친해졌으므로 낮은 상 앞에 스스럼없이 앉았다. 냄비에선 하얀 김이 오르고 작

은 종지엔 노란 단무지가 소복이 쌓여 있었다. 라면 한 젓가락
을 물고 단무지도 입에 넣은 다음, 나는 마치 즐거운 소식이라
도 전하는 듯이 말했다.

"실은, 우리 엄마 아빠도 이혼했어요."

민지의 눈이 놀라 동그래지고, 민지 아버지의 눈은 이유를
묻는 듯 커졌다.

"엄마가 집에 안 들어와서요, 아빠가 엄마를 때리고요. 그래
서 엄마가 짐 싸서 나가버렸어요."

라면에 냉수라도 부은 듯 밥상은 고요해졌다. 민지 아버지
는 말없이 라면을 먹었고, 다 먹고 나서는 "코코아 타줄까?"라
는 말도 하지 않았다. 라면 그릇에 젓가락으로 그림을 그리던
민지는 배가 아프다고 말했다. 나는 어쩔 수 없이 집으로 돌
아왔다. 민지 아버지의 떨리는 목소리를 알아챘더라면, 라면
을 입에 가져가지 않는 민지를 보았더라면, 더 이상 조동이를
놀리지 말았어야 했는데. 누구도 묻지 않은 부모의 싸움 이야
기를, 어제 본 만화 영화 이야기하듯 늘어놓았다. 다음 날에
도 민지는 아파서 못 논다고 말했다. 다음에도, 그다음 날에
도 똑같았다.

'쳇, 지도 엄마 없으면서.'

나는 괜히 골목의 연탄재를 발로 찼다. 까맣게 얼룩진 운동

화가 꼭 내 마음 같았다. 학교에서도 민지는 내 눈을 피했고, 행여 복도에서 마주치더라도 슬픈 얼굴을 하다가 휙 돌아섰다. 교문 앞에 서 있던 민지 아버지도 내게 손을 흔드는 대신, 덜 삶은 고사리를 입에 문 사람처럼 쓴웃음을 지었다. 나는 비밀을 말하면 민지와 둘도 없는 사이가 될 거라고 생각했었다. 민지가 "너도 나랑 똑같네?" 하고 기뻐하며 내 두 손을 맞잡을 줄 알았다. 민지와 민지 아버지를 오랫동안 미워했다. "엄마 보고 싶지 않아?"라고 묻는 옆집 아줌마보다, "엄마한테 연락은 오니" 하며 궁금해하는 고모보다 더 싫었다. 다시는 누구에게도 내 비밀을 얘기하지 않겠다고 다짐했다.

학년이 바뀌고 한참 후에 민지 이야기를 듣게 되었다. 못된 녀석들이 민지를 엄마 없는 아이라고 놀리고 괴롭혀, 우리 학교로 전학을 온 거라고 했다. 지금은 이혼이 흠도 아니고 되려 참고 사는 게 미련한 일로 여겨지지만, 80년대에 이혼이란 할아버지가 "네가 우리 가문에 먹칠을 하는구나" 하며 뒷목을 잡고, 이마에 흰 띠를 두른 할머니가 "내 눈에 흙이 들어가기 전에는 절대 안 된다. 조상님 얼굴을 어찌 보라고" 하며 몸져 눕는 일이었다. 상처 입은 민지에게 "나도 너처럼 엄마가 없어" 하고 달려드는 나는, 데인 손가락에 횃불을 갖다 대는 꼴이었는지도 모른다. 민지는 나를 볼 때마다 아픈 기억이 떠올랐을 테고, 민지 아버지는 애지중지하는 딸이 똑같은 멍에를 쓴 아이와 어울리는 게 싫었을 것이다. 불행을 겪은 아이끼리 손잡고 다닌다고 사람들이 수군대나 싶어 걱정했을지도 모른다. 내가 놀림을 받아보니 나를 피하고픈 민지의 마음을 알겠고, 엄마가 되어보니 내 아이가 아프지 않았으면 하는 민지 아버지의 심정이 이해됐다. 민지를 너무 미워하지 말걸, 하고 후회했다.

내 아이의 친구들이 가끔 집에 놀러 온다. 한부모 가정의 친구가 있으니 아무것도 묻지 말라고, 가정사가 어떻든 간에 개인 정보 묻는 건 실례니까 아무 말도 하지 말라고 아이가 신신당부한다. 주책바가지인 엄마가 말실수할까 봐 단단히 입단속을 시키는 것이다. 그런데도 나는 활짝 웃지 않는 아이, 유난히 눈치 보는 아이, 여름에 겨울옷을 입고 있는 아이에 마음이 쓰인다. 내가 비 맞는 아이, 소풍날 김밥 대신 빵을 가져온 아이, 부모를 그리는 미술 시간에 고개 숙인 아이였기 때문이다. "내가 도와줄 건 없니?" 순수한 마음으로 묻고 싶어도 오지랖일 뿐, 원하지 않는 관심은 상처임을 깨닫고 입을 다문다. 나는 호의로 가장한 호기심, 온정으로 꾸민 동정 대신 간식만 가득 담아 아이 방에 넣어준다. 어느 부모의 누가 아니라 그냥 친구로 신나게 놀다 가라고, 맘껏 떠들고 크게 웃으면 슬픔도 희미해진다고 말하고 싶은 걸 참으며 방문을 닫는다.

　나에게는 슬픔이자 결핍이기만 했던 기억이 이해와 배려로 바뀌기도 한다. 실핀만 닿아도 깨질 듯한 심장을 가진 이를 알아보거나, 때론 모르는 척하는 게 나은 순간들이 그렇다. 아픔을 겪은 내가 눈물 흘리는 사람을 알아보는 일, 불행이 준 축복이라고 생각한다.

짱구라는 선물

　낮엔 고요가 외롭고 밤엔 적막이 무서웠다. 엄마가 떠난 빈 집에서는 늦게까지 텔레비전을 보다가 불도 끄지 않고 잠들었다. 쓸쓸하고 겁이 나서 누구라도, 취한 아빠라도 일찍 와줬으면 하고 바랐다. 어느 날 밤이었다. 역시나 술 냄새 나는 아빠가 나를 흔들어 깨웠다. 재수가 없으면 밤새 아빠의 신세 한탄을 들어야 했으므로, 깊이 잠든 척 눈도 뜨지 않았다. 웬일인지 아빠는 기분 좋은 목소리로 "선물이 있어, 선물"이라고 말했다. 초코파이라도 사 왔나 싶어서 슬그머니 눈을 떴다. 자는 줄 알았던 동생도 벌떡 일어나 앉았다. 아빠가 코트 안에 손을 넣고 있었다. 따뜻한 군고구마나 호빵 생각에 침이 꼴깍 삼켜졌다. 아빠가 꺼낸 건 주머니에 들어갈 만큼 작은 강아지였다. 우리가 "와" 하고 웃자, 아빠의 입꼬리도 오랜만에 올라갔다. 우리가 좋아해서 기쁜 모양이었다.

지금 생각해보면 강아지는 요크셔테리어였다. 몸통은 검은색, 귀와 배는 갈색 털로 덮여 귀여웠다. 작은 털 뭉치가 따뜻해서 꼭 끌어안았다. 내가 잘 돌봐주리라 다짐했다. 유난히 툭 튀어나온 이마 때문에 '짱구'라는 이름이 생겼다.

"짱구가 너희를 지켜줄 거야."

아빠가 확신에 찬 표정으로 말했다.

"작은 강아지가 어떻게 우리를 지켜요?"

짱구가 우리를 지킬 거라는 말은 사실이었다. 낮에는 그림자처럼 따라다니며 나를 참견하고, 밤에는 추위 타는 병아리처럼 내 품으로 파고들었다. 짱구를 돌보느라 무섭거나 외로울 틈이 없었다. 뭐가 궁금한지 고개를 갸웃하며 나를 빤히 보는 눈동자에 가슴이 찡했다. 짱구를 데리고 나가 동네 아이들의 관심을 받는 것도 좋았고, "집에 가자" 하는 내 말에 짱구가 모두를 뿌리치고 달려오면 나만 가진 행복 같아서 짜릿했다. 짱구랑 아빠 넥타이 잡아당기기와 아빠 양말 던지기 놀이도 했다. 찢어진 넥타이와 구멍 난 양말은 짱구 탓으로 돌렸다.

짱구는 아빠가 혼내는 줄도 모르고 꼬리를 살랑살랑 흔들었다. 우리 강아지는 텔레비전보다 책을 좋아했다. 짱구를 품에 안고 그림책을 읽어주면 귀를 쫑긋거렸다. 책을 물어 찢을 타이밍을 노리는 것이었지만. 여기저기 냄새 맡고 다니다가도 내 겨드랑이에 쏙 들어와 누우면 마음이 알알해졌다.

짱구가 변했다. 개는 이빨로 장롱을 갉고 쓰레기통을 엎어놓았다. 혼내도 눈 한 번 깜박이지 않았다. 나를 주인이 아니라 하수인으로 여기는 듯했다. 짱구는 누워 있는 내 머리칼을 물어 당기고 내 몸을 밟고 지나다녔다. 내가 먹는 것은 전부 맛봐야 해서 상에 발을 올렸다가 라면을 엎지르기도 했다. 나는 짱구의 공격을 받으며 이불 속에 숨어서 과자를 먹었다.

어느 날, 앞방에 사는 은찬이 아줌마가 폭발했다. 애들을 봐서 개가 아무 때나 짖거나 자기네 방에 들어오는 거, 날리는 개털과 집에 밴 개똥 냄새도 넘어갔는데, 벽 모서리에 오줌을 지리는 건 도저히 못 참겠다고 말했다. 짱구는 밖으로 쫓겨났다. 다행히 옛날 단독주택이라 베란다가 넓었다. 짱구는 씩씩했다. 동네 골목에 들어온 낯선 차와 개를 향해 짖고, 집에 들어온 길고양이를 쫓아내 칭찬을 듣기도 했다. 은찬이 아줌마가 널어놓은 빨래를 잡아당겨 물어뜯기 전까지는 말이다.

짱구에게 태어나 처음으로 목줄이 걸렸다. 뛰어나가려다 턱 하고 줄이 당기면, 컥 하고 넘어져 낑낑거렸다. 짱구의 귀와 꼬리가 축 처졌다. 저녁 무렵 지는 해를 향해 긴 울음을 울고, 난데없이 깊은 밤에도 울었다. 아래층에 사는 주인아주머니가 뛰어 올라와 개가 울면 재수가 없다고 말했다. 귀염둥이였던 짱구는 동네의 천덕꾸러기가 되었다.

어느 날 학교에서 돌아와보니 짱구가 없었다. 짱구가 비를 피하던 집도, 고개를 처박고 먹던 밥그릇도 없었다. 아빠가 어디로 데려간 모양이었다. 잘됐다고 생각하면서도 허전했다. 짱구에게 미안했다. 짱구가 미움받게 된 건 내 탓이었다. 강아지를 잘 돌보겠다는 약속을 지키지 않았다. 내 머리도 못 감는 주제라 강아지를 씻길 리 없었다. 아빠가 가끔 목욕시켰지만 개는 금방 냄새가 났다. 항문낭을 짜줘야 한다는 거도 몰랐다. 산책도 안 가고 놀아주지 않았더니 장롱을 갉았다. 밥 주는 것도 자주 잊어 아마 많이 배고팠을 것이다. 베란다가 휑했다. 나만 보면 꼬리를 흔들던 까만 눈동자가 이제는 없다.

'미안해, 짱구야. 새로 간 집에선 행복하게 살아.'

나는 무책임한 하수인이었다.

여름방학이었다. 아빠가 당신 친구네 집에 가자고 했다. 내키지 않았지만 선물이 있다고 해서 따라갔다. 울퉁불퉁한 길을 한참 달려 어느 시골집 앞에 도착했다. 너무 고요해서 선물은커녕, 쫓아다닐 잠자리 한 마리 없을 듯했다. 괜히 따라왔다고 후회한 순간, 멀리서 검은 개 한 마리가 컹컹 짖으며 달려왔다. 짱구 생각이 났다. 아니, 진짜 우리 짱구였다! 짱구는 그 옛날 우리 집에 처음 온 날처럼, 몸이 휘어지도록 꼬리를 흔들며 내게 달려들었다. 자란 만큼 큰 혓바닥으로 내 얼굴을 핥고, 내 바지에 오줌도 지렸다. 여기가 원래 짱구 집이라고, 어릴 때 여기서 데려왔던 거라고 아빠가 말했다. 짱구의 귀는 쫑긋하고 꼬리도 뻣뻣하게 서 있었다. 용맹하고 건강해 보였다.

"벌써 새끼가 다섯이나 된단다."

아빠 친구가 부듯한 듯 말했다. 목줄 같은 건 없었다. 짱구는 제집을 소개하듯 시골집 마당과 텃밭을 뛰어다녔다. 나도 짱구를 따라 뛰며 동네 구경을 했나.

집으로 돌아갈 시간이었다. 인사해야 하는데 짱구가 없었다. 집 주변을 돌며 불러도 짱구는 보이지 않았다. 멀리 마실 간 모양이라고, 아저씨가 말했다. 나는 서운하면서도 짱구가 자유로워 보여서 마음이 좋았다. 하는 수 없이 인사도 못 하고 돌아섰다. 아빠의 포니 자동차를 열었다가 깜짝 놀랐다. 짱구가 뒷좌석에 꼿꼿이 앉아 있었다. 더운 여름날이라 차 문을 살짝 열어놓았는데, 그리로 들어가 앉은 것이었다. 짱구는 나를 보더니 꼬리를 흔들었다. "너 다시 우리 집에 갈래?" 아빠가 기쁜 듯이 말했고, 아저씨도 "이 녀석 보게. 처자식 다 놔두고 서울로 가겠다는 거냐?" 하며 웃었다. 나는 옛날처럼 짱구를 꼭 끌어안았다. 녀석에게서 푸릇한 햇빛 냄새가 났다. 이대로 안아 돌아가고 싶었지만, 안 될 일이었다. 시골에 사는 짱구가 훨씬 행복해 보였다. 아저씨가 짱구를 들어 올렸다. 녀석이 내려달라고 낑낑댔다. 차가 출발했다. 창문으로 고개를 내밀어 뒤를 봤다. 우리를 따라 한참 달려오던 짱구가 힘이 달리는지 멈춰 섰고, 고개를 들어 긴 울음을 울었다. 우리 또 헤어지냐고, 나를 놔두고 가냐고 우는 듯했다. 우리 차는 해가 지는 서쪽으로 가고 있었다.

2부
세상이 그래

나는 밥 어머니들 덕에 평균의
키로 자랐다. 이토록 오래 당신
의 손맛을 기억하는 아이가 있
다는 걸 어머니들은 알까. 당신
의 아침밥과 저녁밥 덕에 내 몸
안에 온기가 돌았다고, 당신에
게 배고파하는 아이를 모르는
체하지 않는 법을 배웠다는 걸
아시려나. 내게는 당신들이 밥
잘 사주는 예쁜 누나보다 더 아
름다운 사람이라는 걸 말이다.

새벽 두부 종소리

‘우리 식구’나 ‘우리 가족의 명절’을 그리는 숙제는 난감했다. ‘엄마의 손맛’이라든가, ‘우리 엄마의 음식’이라는 글쓰기 과제도 곤욕이었다. ‘우리’라는 단어 앞에서 나는 늘 외로웠다. 손맛은커녕 ‘배고파’를 백번쯤 생각하다 잠들기 일쑤였는데, 엄마의 음식이라니. 차라리 허기에 관한 숙제라면 동란이라도 겪은 사람처럼 잘 쓸 수 있을 텐데 말이다(설탕물을 마시면 어지럼이 가시고, 생쌀을 계속 씹으면 단맛이 난다든가, 샐비어꽃 꿀의 달콤함과 해바라기 씨앗의 고소한 기름 맛을 적을 것이다. 전쟁 이후나 보릿고개 이야기가 아니고 라면에 국수를 넣어 양을 늘려 먹던 시절이기는 하지만, 엄마가 없고 아빠가 돌보지 않던 아이의 이야기니 대체 저자가 몇 살인 거야, 하고 놀라지 않기를). 친구들은 밥통에 신문지를 깔고 구운 카스텔라와 밀가루를 반죽해 기름에 튀겨낸 도너스, 물엿에 뭉근하게 졸인 고구마 맛탕 같은 간식을 글감으로 써냈다. 나는 이야기만 들어도 군침이 돌아, 보송보송한 카스텔라를 상상하며 침을 꼴깍 삼켰더랬다. 나는 언젠가 막내 고모네서 먹어본, 기름에 굴린 알감자의 달고 짠맛을 엄마의 손맛으로 써서 냈다.

문득 석유풍로만 있고 컵라면도 없던 시절에, 나는 무얼 먹고 살았던 걸까 하고 궁금해졌다. 빈약한 음식 기억 저장소를 헤집고 다니다 보니, 어느 먼 구석에 무언가가 보글보글 끓고 있는 게 보였다. 하얗고 따뜻하고 몽실몽실한 그 무엇이.

새벽 종소리에 눈을 번쩍 떴다. 막내 고모는 휴거의 종소리에 귀를 기울여야 천국에 올라갈 수 있다고 했지만, 나는 순두부 아저씨의 종소리가 천국보다 중요했다. 얼른 일어나 티브이 수상관 위를 확인했다. 오백 원 동전이 있었다. 취한 아빠가 우리를 까먹지 않아서 다행이었다. 아빠는 나와 동생에게 밥해 먹이는 걸 자꾸 잊기 때문에, 순두부 아저씨를 놓치면 아침으로 먹을 게 없어 곤란해졌다. 소변도 못 누고 눈곱도 떼지 않은 채, 돈과 양푼을 챙겨 나갔다. 냄비를 든 동네 아주머니들이 벌써 리어카를 감싸고 있었다.

순두부 아저씨가 뚜껑을 열면 뜨거운 김이 구름처럼 피어올랐다. 그 안엔 말랑말랑하고 찰랑찰랑한 순두부가 용암처럼 끓고 있었다. 배터리도 없던 시절에 아저씨는 무거운 리어카를 어떻게 밀고 다녔는지, 연탄도 없는 들통의 순두부가 어떻게 계속 뜨거웠는지 아직도 궁금하다. 내가 양푼을 내밀면, 아저씨는 어린 녀석이 기특하다며 순두부를 듬뿍 담아주었다. 그 위에 송송 다진 쪽파와 깨가 잔뜩 들어간 달고 짠 간장도 한 수저 올려줬다. 양념을 조금만 더 달라고 하면, 아저씨는 생색내듯 "비싼 거다"라고 말하며 간장을 담아 묶은 비닐을 줬다. 그리고는 곧바로 애한테 야박하다 싶었는지, "짜게 먹으면 안 좋아"라고 너그러운 표정으로 덧붙였다. 순두부를 담은 양푼은 뜨거워서, 긴팔 옷소매를 죽 당겨 잡고 몇 걸음 가다 내려놓고, 또 몇 걸음 가다 내려놓고 그랬다. 덤으로 받은 양념간장은 따로 두었다가 밥에 비벼 먹었다. 날달걀에 비벼도 맛있고 삶은 국수에 끼얹어 먹어도 맛있었다.

어느 날 내가 모은 간장을 아빠가 전부 버렸다.

"독을 넣어 만든 가짜 간장이야."

나는 순두부 아저씨가 내게 독 간장을 주었을 리 없다고 믿었다. 가짜 간장이 그렇게 맛있을 리도 없다고 생각했다. 나중에 텔레비전에서 산분해 간장에 대한 뉴스를 봤을 때, 울고 싶어졌다. 나는 계속 간장을 얻어 와서, 아빠 몰래 먹었기 때문이다. 짜게 굴던 아저씨가 어쩐지 두 봉, 세 봉지씩 주더라.

　순두부를 자주 먹는다. 서울 근교의 기와집 순두부도 좋아하고, 강릉 가는 길의 초당 마을도 꼭 들른다. 국수만큼이나 오래 먹어 질릴 법도 한데 나이 들수록 더 좋아진다. 집에서는 주로 바지락이나 돼지고기를 넣어 얼큰하게 끓여 먹는다. 가끔 양념간장을 만들어 맑은 순두부에 끼얹어보지만, 손맛이 부족한 탓인지 감칠맛은 없고 짜기만 하다. 옛날 리어카에서 팔던 순두부는 어쩜 그리 고소했을까. 국산 콩은커녕 방부제 두부, 산분해 간장, 농약 콩나물이 유통되던 시절이니 내가 기억하는 맛은 진미라기보다 배고픔에 가까웠을 것이다. 새벽 종소리에 눈 떠지던 서늘한 아침, 티브이 위에 놓인 동전에 느끼던 안도, 아줌마들 틈에 서 있는 대견한 나 자신과 양푼을 쏟지 않으려 신경을 곤두세웠던 발걸음을 기억한다. 김치 쪼가리도 없는 밥상이었지만, 오래돼 말라비틀어진 밥도 순두부에 말면 부드러워졌다. 자는 동생을 깨워 한 대접 덜어주면, 까치집 머리를 한 녀석이 허겁지겁 먹는 모습에 왠지 가슴이 아리던 순두부처럼 몽실몽실한 아침이었다.

사흘

❧

내게 관심 있는 듯 다가와 이것저것 묻던 아이가 나를 흘깃거리며 귓속말하는 걸 본 날, 또 그 아이가 교문 앞에서 나 보란 듯이 자기 엄마 손을 잡고 가다가 뒤돌아본 날이었다. 속상한 마음을 보듬으며 들어선 집 안은 차가운 먼지 냄새만 났다. 이사한 집은 적막했다. 장롱문에 책가방을 던지고 깔린 이불에 발길질했다. 버릇없다고 혼내는 목소리도 없었다. 오랜만에 일찍 들어온 아빠에게 울고불고했다.

"애들이 나보고 엄마가 도망간 애라고 수군거려. 아빠 때문에 내가 왜 그런 소리를 들어야 해?"

나는 엉엉 울며 말했다. 예전 같으면 벌써 가로수라도 뽑아와 매를 들었을 아빠가, 오늘 그랬다간 사달이 날 것 같은지 등을 돌리고 앉았다가 나가버렸다. 서러움이 안 풀린 나는 엄마에게 전화해 같은 말로 원망을 쏟아냈다.

"왜 나만 엄마가 없어? 친구네 엄마가 나랑 놀지 말라고 그랬대. 다시 와서 나랑 살면 안 돼? 내가 말도 잘 듣고 공부도 열심히 할게. 제발 와주면 안 돼?"

"지금은…"이라고 운을 뗀 엄마는 내 울음이 커지자 입을 다물고 듣기만 했다. 나는 들으란 듯이 더 악을 쓰고 울었다. 내 외로움과 서러움이 들리도록, 전화기가 땀과 눈물로 흥건해질 때까지 울었다. 그리고 며칠 후에 엄마가 왔다. 정말 집으로 돌아왔다.

엄마가 해준 아침을 먹고 엄마의 배웅을 받으며 학교로 갔다. 엿을 밟은 것처럼 발걸음이 눌어붙어 자꾸만 뒤돌아봤다. 나를 보고 있는 엄마 얼굴이 작아질 때마다, 집에 돌아오면 엄마가 없을까 봐 불안한 마음이 커졌다. 나는 몇몇 아이들에게 '우리 엄마는 일하러 시골에 갔다'고 둘러댔기 때문에, '우리 엄마가 이제 집에 왔다'고 말했다. 아무도 묻지 않았는데 말했다. 다음 날엔 엄마를 졸라서 학교 앞에 나와달라고 했다. 나는 일부러 엄마 손을 잡고 아이들이 많은 롯데리아에 가서 햄

버거를 먹었다. 엄마가 있는 집에는 냄새 좋은 온기가 돌았고, 나도 엄마가 있는 아이답게 깨끗한 옷으로 갈아입고 잠자리에 들었다. 행복하고 불안했다. 아빠는 없었다. 옛날처럼 밤늦게 들어오고 새벽에 나갔다.

이틀째 밤, 날 세운 두 사람의 목소리에 잠이 깼다. 귀신에게 쫓기는 꿈을 꾸다 깬 것처럼 심장이 벌렁거렸다. 문을 열었다. 화로 벌게진 두 사람의 얼굴이 나를 보고 놀랐다. 다시 또 시작인가. 불행이 끝나고 행복이 시작된 게 아니었나.

"아악!"

나는 깨진 유리 조각이라도 밟은 것처럼 비명을 질러댔다. 아무것도 할 수 없는 내가 유일하게 할 수 있는 일이었다. 우리 엄마 아빠는 왜 싸울까. 싸울 거면 왜 결혼해서 나를 낳았을까. 잘해줄 거 아니면 태어나게 하지 말지. 나는 다시 우는 아이가 되어야 하겠구나. 머리가 핑 돌고 눈앞이 깜깜해져 중심을 잃었다. 엄마가 놀라 나를 끌어안았다. 누운 내 이마에 찬 물수건을 올려주었다.

다음 날 친구가 놀자는 걸 마다하고 곧장 집으로 왔다. 아무 일도 없었다는 듯 시간은 조용히 흘렀다. 엄마 옆에서 숙제하고 엄마 앞에서 그림을 그렸다. 텔레비전은 생각도 안 났다.

엄마가 머리를 쓰다듬어서 금방 잠이 들었다. 좋은 꿈이 시작되려는 찰나, 왁자지껄한 소리에 잠이 깼다. 엄마가 불도 안 켠 채 무릎을 감싸고 앉아 있었다.

"밖에 누구야? 누가 왔어?"

엄마는 아무 말도 안 했다. 방문을 열고 나가니 아빠 친구들이 마루에 앉아서 술판을 벌이고 있었다. 한 아저씨가 얼른 와서 가져가라는 듯 지폐를 흔들었지만 문을 닫고 들어왔다.

"아빠가 친구를 부르다니, 엄마가 와서 좋은가 봐."

말도 안 되는 지껄임이라고 생각했지만 내가 생각한 최선의 위로였다. 아빠도 나처럼 엄마가 와서 좋았기를, 그리고 엄마가 내 말을 믿어주기를 바랐다. 앉은 엄마를 끌어당겨 같이 누웠지만, 행복은 보이지 않고 불안만 커졌다.

얼마 못 가 다시 잠에서 깼을 땐 직감했다. 이제 내가 만날 것은 분노나 공포가 아니라 슬픔이라는 것을. 엄마를 진짜로 놓아주어야 할 때, 언젠가 다시 같이 살며 평범한 가족이 될 수 있을 거라는 희망을 버려야 하는 때라는 걸 일었다. 문을 여는 내 손이 파르르 떨렸다. 아빠 친구들이 어지러이 남기고 간 술병을 가운데에 두고, 내가 제일 좋아해야만 하는 두 사람이 서로를 죽일 듯 노려보고 있었다. 술에 취해 미친 용기가 솟아난 아빠는 내가 있건 말건 엄마에게 모욕적인 말을 했고, 독기로 가득 찬 엄마마저도 그 말만은 견디기 어려웠는지 눈물을 뚝뚝 흘리기 시작했다(돌아가신 외할아버지에 관한 이야기였다). 나는 느꼈다. 여기까지구나. 더 이상 떼쓰면 안 되겠구나. 내가 울고 소리 지른다고 될 일이 아니구나. 아빠는 나가버렸고, 울고 있는 엄마 곁에 서서 나도 한참을 울었다. 그리고 내가 말했다.

"엄마, 이제 집에 가. 고마웠어."

또다시 홀로 눈을 떴다. 차갑고 고요한 아침이었다. 엄마가 작은 손가방 하나 들고 오지 않았었다는 걸 깨달았다. 사흘. 엄마가 나를 위해 버텨준 시간이었다.

체육복과 스웨터

카페에서 홀로 있는 시간을 즐긴다. 커피 내리는 소리, 이야기 나누는 소리와 웃음소리를 어깨에 두르고 사람들 사이에 은밀히 섞여 있는 걸 좋아한다. 책을 읽다가 배가 고파지면 샌드위치를 들고 공원을 걷기도 한다. 혼자 있으면 주눅 들던 백화점이나 큰 시장에서 흥정도 하고 물건도 산다. 홀로 있어도 우그러들지 않고 남 눈치를 덜 보게 된 것은 나이를 먹어서 좋은 일 중의 하나다. 친구가 세상 전부이자 경찰이고 거울이던 어릴 때, 나 역시 친구 만들기가 가장 큰 숙제이자 고민이었다.

나는 가시 하나 없는 고슴도치 같았다. 친구가 없다는 건, 양말 하나 없이 벌거벗은 채로 다니는 기분이었다. 쉬는 시간엔 책 보는 척을 하고 짝을 지어 활동하는 시간도 그럭저럭 넘어갔는데, 혼자 밥 먹는 점심시간이 어려웠다. 간혹 마음 여린 아이가 불러주기도 했지만 늘 같은 반찬을 보이느니 혼자 먹는 게 나았다. 다 먹은 후 우르르 나가는 무리에 못 껴서 더 초라해질 뿐이었다. 혼자 밥 먹는 아이가 또 있었다. 정미는 늘 태권도장 체육복을 입고 다녔다. 내가 투명 인간이었던 데 반해, 정미는 곧잘 남자아이들의 놀림감이 되었다. 얌전하고 착한 정미를 유독 왜 못살게 구는지 몰랐다(지나고 알게 되었다. 정미는 잘생긴 자두처럼 고왔다). 자석처럼 이끌려 점심을 같이 먹게 된 우리는 조금씩 가까워졌다. 학교 끝나고 같이 논다든가 서로의 집에 가는 일은 없었지만, 비밀 편지를 주고받고 학급 사진을 찍을 때 나란히 서기도 했다.

나는 학교에 가자마자 정미에게 쪽지를 썼다.
'오늘 반찬은 참치 통조림. 밥에 비벼 먹자!'
신나서 쓴 메모였다. 절임 반찬조차 없어서 오늘도 빵을 사야 하나 했는데, 아빠가 웬일로 큰돈을 준 날이었다. 머리에 좋다는 DHA 성분이 든 참치 통조림을 먹을 생각에 설렜다.

곧 답 쪽지가 날아왔다.

'나는 오늘도 김치뿐인데.'

줄기를 자르지 않고 통째로 담아 오는 정미네 총각무는 아삭하고 시원한 맛이 났다. 주로 라면이나 빵으로 끼니를 때우다 보니 늘 입이 말랐는데, 정미네 김치에 밥을 먹으면 속이 든든했다. 오늘은 나도 맛있는 반찬을 내놓을 수 있어서 기뻤다. 통조림 따는 소리가 청량했다. 나는 참치에 비빈 밥을 먹고 총각김치를 한입 베어 물었다. 그때 한 녀석이 소리쳤다.

"야, 권정미 봐라!"

아이들이 와르르 웃었다. 앞을 봤다. 정미가 고개를 쳐들고 입을 벌려 총각무 줄기를 입에 밀어 넣고 있었다. 맛있게 먹는다고 생각했지, 놀림감이 될 줄은 몰랐다. 나는 얼른 뚜껑을 덮어 김치를 가렸다. 반에서 제일 악랄한, 남자애들을 밀치고 여자애 치마를 올리고 다니는 녀석이 물꼬를 트자, 짓궂은 아이들이 거들기 시작했다.

"맨날 김치 냄새 나는 거 권정미 때문이지?"

"권정미는 옷이 저것밖에 없냐?"

그러다 마주 앉은 내가 눈에 띄었나 보다.

"거지들끼리 앉아서 밥 먹네. 쟤는 지금이 겨울인 줄 아나 봐. 이 날씨에 털 옷은 뭐냐."

아이들이 또 까르르 웃었다.

"참치 캔? 쟤네 엄마는 도시락도 안 싸주나?"

아이들이 고개를 돌려 덩그러니 놓인 밥통과 통조림을 힐끔 거렸다. 그때 조금 착한 누군가가 말했다.

"그런 말 하지 마, 쟤 진짜 엄마 없잖아."

정미가 놀림당할 땐 "잊어버려" 하고 쉽게 말했는데, 내가 당하니 먼지가 되어 사라지고 싶었다. 정미 때문에 내가 녀석 의 조롱 레이더에 걸린 것 같아 정미가 싫어졌다. 다음 날 점 심시간에 정미에게 가지 않았다. 정미도 나를 부르러 오지 않 았다. 화장실에 가는 척하며 정미를 몰래 봤다. 고개를 푹 숙 인 채 밥만 퍼먹고 있었다. 밤송이가 옷 속에 떨어진 듯 가슴 이 따끔거렸지만 모르는 체했다. 나는 나쁜 아이였다. 호기심 으로 다가왔다가 내가 시시하다는 걸 알고 금세 제 무리로 돌 아가는 아이처럼, 나도 똑같이 못되게 굴었다. 내가 남의 가 슴에 생채기 내는 줄은 모르고 내 상처만 덧났다고 징징거렸 다. 정미도 나를 많이 원망했을까. 절대로 안 떼어지는 엿 같 은 우정을 만들자고 해놓고, 설탕 잉어처럼 쉽게 깨트리고 돌 아선 나를 어떻게 기억하고 있을까. 정미는 남의 흉을 말하지 않는 착한 아이였는데, '우정? 엿 같네' 하고 욕했으려나. 차라리 그랬으면 좋겠는데.

종업식 날 선생님이 학급 앨범을 나눠줬다. 맨 뒷장은 단체 사진이었다. 장미가 만발한 교정에, 화사한 옷을 입은 아이들은 햇빛이 따가운지 눈을 찡그리기도 하고, 손가락으로 브이를 하며, 애써 예쁜 표정을 짓기도 했다. 맨 뒤에는 마치 외떨어진 섬처럼, 검은 체육복의 정미와 갈색 스웨터를 입은 내가 있었다. 그때 우리는 손을 잡고 있었던 거 같다.

발가락이 닮았다

김동인의 「감자」라는 소설에 홀렸다. 중학교 교과서에 실렸던가, 아니면 숙제로 읽었을 것이다. 어린이 명작 동화나 기껏해야 순정 만화를 보던 내게, '옥녀'의 타락 서사는 이야기 세계의 신대륙을 발견한 기분이었다. '복네 좋갔구나' 하는 말이나 '우리 집에 가' 하는 왕서방의 대사에 얼굴이 붉어졌다. 돈벌이의 출처를 알고도 좋아하는 남편과 질투에 눈이 멀어 낫을 들고 마는 옥녀 이야기는, '가난한 사람은 도덕적이기 힘든가' 하는 명제를 두려워하게끔 했다. 우리 집은 굶을 정도로 가난하지 않고 도적질도 안 하지만, 부녀의 싸움 소리가 끊이지 않는 집 꼴이 하릴없이 칠성문 밖 빈민굴과 같았기 때문이다.

이혼하고 회사까지 그만둔 아빠는 술독에 빠져 살았다. 밤낮을 가리지 않고, 내가 먹을 수도 없는 술을 밥 대신 먹었다. 캪틴큐나 나폴레온 같은 술병이 울타리처럼 쌓였다. 뭐가 그렇게 화나고 속상한지 알 수 없었다. 바라던 대로 엄마를 쫓아냈으면 즐거워야 하는 거 아닌가. 그래도 가끔 정신이 들어 분홍 소시지를 굽거나 미역국이라도 끓이면, 동생과 내가 1년 굶은 아귀처럼 달려들어 단숨에 해치웠다. 아빠의 표정은 착잡해 보였다. '내 인생은 망했다'와 '그래도 애들은 건사해야지'라는 생각 사이를 오가는 듯했다. 좀처럼 볼 수 없었던 아빠는 집에 머무르기 시작했는데, 나쁜 술버릇까지 들여와 같이 앉았다. 술주정은 점점 심해져 무릎 꿇은 우리가 꾸벅꾸벅 졸 때까지, 신세 한탄과 그 원흉이라는 엄마 욕을 했다.

같은 레퍼토리를 귀에 딱지가 앉도록 들으니 창의력 없는 아빠가 만만해졌다. 나는 "또 시작이네", "아휴 지겨워" 같은 말로 조금씩 깐족대다가, "나는 왜 이런 집에서 태어났을까"라거나 "아빠가 이러니까 엄마가 집을 나가지"라는 말로 아빠의 화를 돋웠다. 엄마가 이러라고 만화방에 보낸 건 아니었지만, "아빠는 나의 원수. 복수할 거야"라든가 "아빠가 우리 모두의 인생을 조졌어” 같은 만화책에서 읽은 말로 아빠를 꼭지 돌게 했다.

“너를 버리고 간 여자가 뭐가 좋으냐.”

아빠는 셀 수 없이 엄마 흉을 봤건만, 자기편이 되기는커녕 비아냥거리기만 하는 딸의 배신에 폭력을 쓰기 시작했다. 보고 배운 게 도둑질이라고 나는 매를 무서워하지 않았다. 엄마처럼 악을 쓰며 대들었고, 이게 웬 판박이 재앙인가 싶은 아빠는 더 센 회초리를 들었다. 매는 가벼운 총채에서 파리채, 옷걸이를 넘어 우산이나 나무 빗자루로 진화했지만 나의 대거리는 육칠월 장맛비처럼 그치지 않았다. 허벅지에 멍이 들고 종아리에 피가 터져도, 잘못했다 소리 한 번을 안 했다. 아빠는 내가 매에 지지 않자 악담을 퍼부었다.

“너도 엄마 팔자를 닮아서 술 파는 여자가 될 것이다(점쟁이가 엄마가 술장사할 사주라고 했단다).”

“제 어미랑 똑같이 생겨서 재수가 없다.”

열다섯에 물레에 찔려 죽는다는 저주를 받은 공주처럼, 나도 술 파는 여자가 될 거라는 예언을 받았다. 마녀도 아닌 제 아비한테서.

아람단에 못 들어서였나, 자연농원에 가는 무리에 못 끼어서였나. 학교에선 학교대로 치이고, 아빠한텐 쓸데없는 일에 관심 둔다고 혼나기만 해서 마음이 뾰로통한 날이었다. 마침 그날, 외할머니가 서울에 왔다며 엄마가 나를 이모네 집으로 데려갔다. 나를 앉히자마자 머릿속과 손발톱을 살피는 엄마에게 물었다.

"나 엄마한테 가서 살면 안 돼?"

순간 엄마의 얼굴이 빚쟁이라도 마주친 사람처럼 굳었다.

"누구를 고생시키려고 그래. 네 어미 아직 자리도 못 잡았는데."

옆에 있던 할머니가 내게 눈을 부라리며 말했다. 당장 같이 살 형편이 아니라는 거도 알고, 속상한 마음이나 달래주리라 기대하고 한 말이었는데, 내가 엄마를 잡아먹기라도 하는 것인 양 불편해하는 두 사람에 마음이 상해버렸다. 엄마가 네가 싫어서 그런 게 아니라 상황이 여의치 못하다는 뜻이라고 설명했지만, 이미 상처받은 마음에선 바늘 같은 눈물이 뚝뚝 떨어졌다.

"옷 사러 갈까?"

엄마가 달래려 하는 말에 뒤돌아 앉고, 할머니가 바지 속 쌈지에서 꺼내 내민 돈을 잡아채 던져버렸다. 삐져서 누워 있다가 잠들었는데, 엄마와 할머니가 속닥이는 소리가 들렸다.

“제 아비를 닮아서 하는 짓도 진상이여.”

“성질부리니까 밉상인 게 더 똑같이 생겼어.”

나는 소리 내지 않으려 입술을 물었지만 이불이 젖도록 울고 말았다. 엄마를 닮아 재수 없고 아빠를 닮아 밉상인 얼굴. 도대체 나는 어떻게 생겼길래, 나를 제일 예뻐해야 하는 두 사람에게 미움만 받을까. 지금 생각하면 손녀의 난동을 본 할머니가 딸을 달래주려, 딸의 지랄을 본 엄마가 엄마의 엄마에게 미안해서 서로를 위로하는 말이었으나, 그때는 알지 못했다.

어느 날 교실 뒤편 책꽂이에서 김동인의 단편집을 꺼내 읽었다. ‘나’는 문란한 사생활로 생식 능력이 없는 남자인데, 아내가 아이를 낳았다. ‘나’는 친구에게 아이가 제 증조부를 닮았기도 하고, 강보에서 어린애 발을 꺼내며 특이한 제 발가락과 똑 닮았다고 말하는 것이다.

“내 발가락 보게. 내 발가락은 남의 발가락과 달라서 가운데 발가락이 그중 길어. 쉽지 않은 발가락이야. 한데… 놈의 발가락 보게. 꼭 내 발가락 아닌가? 닮았거든….”

소설을 읽으며 ‘나도 엄마를 빼닮았다는 눈매나 아빠 붕어빵이라는 하관 말고, 배꼽이나 닮지’, ‘고린내 나는 발이나 봐야 서로를 떠올리게 발가락이나 닮으면 좋았을걸’ 하고 생각했다. 그러면 덜 미움받았을 텐데.

시간이 흘러 엄마가 되어보니 내 아이가 미울 리 없다. 나 역시 어른답지 못하게 아이에게 모진 말을 한 적도 많지만, 화나서 지른 말일 뿐 진심인 적 없다. 발가락이나 닮았으면 좋겠다는 어린 한탄이 유치해 부끄러운 만큼, 지랄을 떤다느니 재수가 없다느니 하는, 엄마 아빠에게 곧잘 들었던 말이 진짜일 리 없다고 믿고 싶다. 그러나 내가 아빠에게 한 패륜에 가까운 언사와 할머니에게 버릇없이 군 일을 떠올리면, 매 맞아서 부러진 발가락이 하나 없는 게 다행으로 여겨진다. 어쩌면 나는 여전히 철없는 밉상인지도 모른다.

모순적인 사람

아빠를 내게 무관심하고 엄마에게 매정했던 사람으로 기억하지만, 세상의 모든 일과 사람이 그렇듯, 나의 입장에서 바라본 단면일 뿐이다. 아빠도 가정을 꾸려 평범하게 살고 싶은 회사원일 뿐이었고, 신춘문예의 꿈이 있는 문학도이기도 했다. 세상이 그를 많이 속이기 전까지는 말이다.

"갱지 많이 가져다주세요."

아빠는 어린 내 말에 슬쩍 웃곤 했다. 종이가 귀하던 시절이었다. 신문지를 구겨 뒷물용으로 쓰던 때는 벗어났지만, 달력과 담배 포장지는 귀한 메모지였고, 학교 선생님은 공책을 마지막 장까지 썼는지 검사했다. 한 달 동안 모은 폐지를 짊어지고 학교 가는 날의 아침 풍경은 무겁게 흥분됐다. 교감 선생님이 앞문을 열고 "이번 달 폐지 모으기 1등 반!"이라고 외치면, 모두 신이 나서 박수를 쳤다. 상장이나 선물이 없는데도 기뻤다. 이상하고 순수한 시대였다. 퇴근한 아빠의 가방에서 갱지와 이면지 뭉치가 나오면, 놀이동산 입장권이라도 얻은 것처럼 신이 났다. 회색 거친 종이에 글씨도 쓰고 그림도 그렸다. 영화 광고 제목을 따라 썼다가 영문도 모른 채 꿀밤을 맞기도 했다('아낌없이 주련다' 같은 문구였다). 아빠가 대한민국이나 백두산 같은 한자를 볼펜으로 적어주면 나는 그 밑을 연필로 따라 채웠다.

집에는 아빠의 할아버지가 썼다는 대하소설과 소설책이 책꽂이의 가운데 자리에 꽂혀 있었다. 아빠는 책을 뽑아 먼지를 털고 책장을 넘기다가 한 구절을 읽어주기도 했다. 나는 문장의 뜻은 알지 못했지만 아빠가 할아버지의 책을 자랑스러워한다고 느꼈다. 내가 교내 글짓기 대회에서 상장을 타고, 학교 대표로 나간 백일장에서 큰 상을 받아 종로의 정독도서관까지 진출하자, 아빠는 할아버지의 문학적인 피가 내게 이어졌다며 기뻐했다. 아빠는 명문대를 나와 대기업에 다니는 형에 대한 콤플렉스가 있었는데, 내가 당신의 자존심을 조금이나마 세워주길 기대했다. 아빠는 명절날 내가 받은 상장을 챙겨 큰집에 갔다. 아빠가 뜬금없이 정독도서관의 아름다움을 얘기하며 도서관장 직인이 찍힌 상장을 슬쩍 내민 것까진 좋았는데, 큰아빠가 벽에 걸린 액자를 꺼내 오자 아빠의 얼굴은 머쓱하게 굳어버렸다. 대통령 직인이 찍힌 사촌 오빠의 수학 올림피아드 상장이었다. 큰아빠는 청와대의 웅장함과 허리가 저절로 굽혀지더라는, 눈앞에서 본 대통령의 카리스마에 관해 얘기했다. 땅문서 모시듯 서류 봉투에 곱게 담겨 왔던 내 상장이, 집으로 돌아가는 아빠의 포니 자동차에서는 아무렇게나 던져졌다.

아빠는 당신도 소싯적에 글을 꽤 썼다는 자부심이 있었다. 형은 상경대를 나와 돈이나 만질 줄 알지, 글이나 문학의 아름다움을 모르는 까막눈이라고 말했다. 비록 지금은 네 엄마 때문에 인생이 박살 나 이 모양 이 꼴이지만, 신춘문예에 당선만 되면 볕이 들 거라고 버릇처럼 말했다. 나는 무지렁이 큰아빠가 좋은 집에서 점잖은 말투를 쓰고, 글의 아름다움을 안다는 아빠가 쥐구멍 같은 집에서 엄마에게 퍼부은 욕을 떠올리며, '돈은 하찮고 문학은 귀한 것일까, 실은 반대가 아닐까?' 하고 생각했다. 훗날 '모순'이라는 단어를 숙제로 받았을 때 '아빠, 모순적인 사람'이라는 글을 써냈다. 별 다섯 개를 받았지만, 선생님은 늘 해오던 낭독을 시키지 않았다. 조금 아쉽고 어쩌면 다행이라고 생각했다.

나는 아빠가 쓴 글도 여러 편 읽었다. 갱지에 송곳으로 구멍을 뚫어 노끈으로 묶은 원고였다. 왜 어린 나한테 보여주냐고 묻자, 비밀 유지를 위해서라고 했다. 내용은 지루했다. 찢어지게 가난한 환경을 극복하고 국립 대학과 공기업에 들어간 자신을 자랑하는 글이거나, 여자를 잘못 만나 망쳤다는 신세를 한탄하는 이야기였다. 형만 지원한 아버지를 향한 원망이나 친자식만 위해주는 양어머니를 미워하는 글도 있었다.

기억에 남는 글도 있다. 제목은 '부지깽이'. 고향 땅이 개발로 수용되어 벼락부자가 된 '김 씨'는 도시로 상경한다. 김 씨는 늙은 아내를 쫓아내고 새 여자와 살림을 차린다. 회춘한 듯한 신혼도 잠시, 여자가 재산을 챙겨 달아났다. 정신이 나간 김 씨가 연탄 부지깽이를 들고 다니며 비슷한 여자만 보면 내려치다가, 건달과 시비가 붙어 맞아 죽는다는 얘기였다. 나는 아빠가 하는 모든 일에 무조건 반대했기 때문에 "별로야"라고 말했고, 아빠는 "네까짓 게 뭘 알아" 하면서 팽 돌아앉았다. 실은 좀 재미있었다. 특히 여자가 김 씨를 유혹하는 장면에서 노골적인 성애 묘사에 침이 꼴깍 넘어갔다. 아빠가 나를 봤다면, "요년이" 하며 꿀밤을 쥐어박았겠지만.

"그런데 슈퍼 할아버지가 알면 화내지 않을까?"

내가 묻자, 아빠는 뭘 훔치려다 걸린 사람처럼 화들짝 놀랐다.

"할아버지 얘기인 거 어떻게 알았어?"

슈퍼 할아버지는 아빠의 먼 친척으로 갑자기 우리 동네로 이사 와 구멍가게를 차렸다. 혼자 살지, 저녁이면 아빠랑 술 마시며 이년 저년 욕하지, 부지깽이를 손에서 놓지 않고 눈을 부라리며 골목을 어슬렁거리는데, 누가 김 씨가 슈퍼 할아버지라는 걸 모르겠는가. 아빠가 갱지 뭉치를 급히 빼앗아 갔다.

"할아버지가 이거 읽고 부지깽이로 때리러 오면 어떡하나고."

아빠의 얼굴이 타다 만 연탄처럼 붉어졌다.

"이건 그냥 지어낸 이야기일 뿐이야. 할아버지가 소설과 실제를 혼동할 정도로 무식하진 않아."

지금 이 책, 엄마와 아빠의 치부를 드러내는 이야기를 적나라하게 써도 될까. 엄마가 다시 내 따귀를 갈기고, 아빠가 나무 빗자루를 들고 때리러 오지 않을까 걱정한다. 아빠가 노발대발하고, 엄마가 '너 진짜 거짓말쟁이구나' 하고 화내는 모습이 선명하게 그려지기도 한다. 이건 그냥 나의 입장에서 쓴 이야기일 뿐이라고, 글과 실제를 혼동하지 않았으면 한다고 말하면 이해해줄까.

두려움에도 불구하고 나는 왜 이런 글을 쓰고 있을까. 어릴 적 만화방에서 읽은 이야기가 내 안에 쌓여 쓸 수밖에 없다고, 아빠가 자랑스러워하는 할아버지의 문학적인 피가 흘러서 가슴 속 말을 꺼내놓을 수밖에 없다고 애걸하면 나를 용서해주려나. 갱지를 건네는 아빠의 손과 책을 안기던 엄마의 눈에서 내가 배운 것은, 읽고 쓰는 일에 관한 자부심이었다. 하필 그게 당신을 모욕하는 데 쓰일 줄은 몰랐겠지만.

바나나가 덜 달콤했더라면

어떤 음식은 입에 넣기도 전에 아련한 맛을 낸다. 사이다에 아이스크림, 웨하스와 프루트 칵테일을 얹은 파르페는 친구의 앳된 얼굴을 떠오르게 하고, 이미 삶아놓은 면에 국물을 부어 먹던 매점 라면은 고단했던 수험생 시절을 생각나게 한다. 은박지에 구워 먹던 얇디얇은 고기는 궁핍했던 대학 때를, 이백 원에 열두 가락을 주던 밀 떡볶이는 꼬꼬마인 나를 불러 세운다. 흔하고 평범한 음식이 나를 데려간다. 웃음이 나다가 그리워지고, 때로는 마음 아프게도 하는 추억 속으로 말이다.

엄마가 연락도 없이 교문 앞에 서 있으면 찍은 시험 문제를

다 맞힌 것처럼 기분이 좋았다. 누구보다 명랑한 아이가 되어 엄마에게 매달렸다. 가끔 엄마인 줄 알고 달렸다가 아닐 땐 실망이 두 배였지만. 진짜 엄마가, 내 엄마가 서 있었다. 이모네 집으로 가는 줄 알았던 택시가 어느 미용실 앞에 멈췄다.

"왜? 나 이제 머리에 이 없는데."

엄마는 말없이 미용실 문을 밀고 들어갔다. 미용실 아주머니가 "네가 딸이구나" 하고 아는 체를 했다. 아주머니는 나를 의자에 앉히고 머리를 잘랐다. 덥수룩했던 머리카락이 깡총해졌다. 엄마는 미용실 구석의 미닫이문을 열고 들어갔다. 엄마의 방이라고 했다. 작은 방에는 비닐 옷장과 낮은 서랍장, 그 위에 얹어진 라디오가 전부였다. "엄마가 여기 사장이야?" 내가 물었더니 잠시 망설이다 고개를 끄덕였다(엄마는 미용실에 딸린 쪽방에 세 들어 살았던 듯하다). 조금 후에 웬 아저씨가 노크도 없이 방문을 열어서 깜짝 놀랐다. 엄마는 놀라기는커녕 구세주라도 만난 사람처럼 웃었다. 엄마가 인사하라길래 엉거주춤 일어나서 고개를 숙었다. 아저씨는 성큼 들어와 내 곁에 앉았다.

"우리 앞으로 친하게 지내자."

아저씨가 내 머리를 쓰다듬으며 말했다. 담배에 찌든 입 냄새가 고약해서 토가 나올 것 같았다. 아저씨의 갈색 양말에 보푸라기가 잔뜩 일어나 있었다.

아저씨 얼굴은 생각이 안 나는데, 아저씨가 들고 온 비닐봉지는 사진처럼 선명하다. 노란 바나나가 한 개도 아니고 한 다발 통째로 들어 있었다. 요즘의 바나나는 흔해서 배부르게 먹고, 샐러드에 곁들여 먹고, 우유에 갈아 먹는다. 그러고도 남아서 껍질 벗겨 냉동실에 넣었다가, 먼 훗날 '이 까맣고 흉측하게 생긴 건 뭐지?' 하고 화들짝 놀라, 곧장 쓰레기통으로 가고 마는 신세가 되었다. 80년대 바나나는 지독한 감기에 걸리거나 맹장이 터지거나, 포경수술이라도 해야 먹을 수 있는 귀한 음식이었다. 그것도 어느 정도 사는 가정의 엄마가 다이얼을 돌려, "여보, 아이가 아프니까 바나나 한 개만 사다 줘요"라고 말하는 소리가 들리면, 사경을 헤매던 아이도 웃었다는 전설의 과일이었다.

그러고 싶지 않은데 눈길은 자꾸 바나나로 가고, '날 주려고 가져온 건가?', '언제 주려나?' 하는 생각에 단추를 잘못 끼운 선생님을 마주한 것처럼 신경이 쓰였다. 드디어 아저씨가 비닐봉지에 손을 댔다.
"비싼 걸 뭐 하러 사 와요. 애가 무슨 맛을 안다고."

엄마가 늘어난 양말목처럼 웃었다. 아저씨가 바나나 껍질을 까서 내밀었다. 나는 사양하고 싶었지만, 제멋대로인 손이 먼저 튀어 나갔다. 바나나쯤은 아무것도 아니라는 듯이 침착하게 먹으려고 했는데, 주책맞은 침이 바나나를 순식간에 녹여버렸다. 아저씨의 까만 손이 엄마의 하얀 손을 조몰락거렸다. 눈물이 나올 것 같았지만, 입안의 바나나가 너무 달콤해서 아무 말도 할 수 없었다.

앉은 자리에서 세 개를 더 먹고, 두 개를 챙겨 집으로 돌아왔다. 원래는 두 개 다 동생에게 주려고 했는데, 마음이 바뀌어서 하나만 줬다. 저녁에 아빠가 껍질을 보고 바나나가 어디서 났냐고 물었다. 난 또 이럴 때 괜히 정직해서 "새아빠가 줬어"라고 말했다가 그야말로 뒈지게 맞았다. 동생은 누나만 엄마를 만난 거냐고 울고불고 난리 치며 주먹으로 나를 때렸다. 바나나 한 번 먹은 대가가 이렇게나 아팠다.

90년대 초 우루과이 라운드로 수입 제한이 풀리면시 바나나는 제일 값싼 과일이 되었다. 나는 아직도 바나나를 보면 그날의 바보 같던 내가 떠오른다. 바나나가 덜 달콤했더라면, 우리 엄마를 만지지 말라고 아저씨에게 말할 수 있었을까. 엄마는 내내 싸우고 살다가, 바나나를 다발로 사 오는 남자를 만나서 행복했을까. 우리는 둘 다 사랑받기 충분한 나이였지만 비싼 바나나만큼 온전한 사랑도 구하기 어려웠다. 바나나가 흔해진 만큼 사랑도 쉬워졌으려나. 그건 아직 모르겠다.

옆집 아줌마의 한자

나는 맥주를 즐겨 마시고 종종 와인도 산다. 작은 조명을 켜고 치즈와 크래커를 내면 평범한 집도 제법 낭만적인 분위기가 된다. 우리 집은 맑은 소리가 나는 고급 잔 대신, 강화 유리로 만든 컵에 와인을 마신다. 나는 작은 충격에도 쉽게 깨질 듯한 크리스털 잔을 무서워한다. 어릴 때 유리컵에 손을 크게 베인 적이 있다. 잘린 살점이 피부 끝에서 덜렁거리고 시뻘건 피가 샘처럼 솟았다. 옷소매를 흠뻑 적신 피가 무서워 엉엉 울던 기억 끝에는, 내 등을 토닥이던 한 사람이 매달려 있다.

작은 집이 다닥다닥 붙어 있는 닭장 같은 아파트였다. 나는 옆집 아줌마가 싫었다. 여태 다른 이웃이 '저 집엔 여자가 없으니까', '쟤는 엄마가 없으니까' 하고 봐주던 일을, 옆집 아줌마는 그냥 넘어가지 않았다. 한 달에 한 번 아파트 청소 날이면 반장 아주머니가 새벽부터 문을 두드렸다. "아빠는 술 먹고 자는데요." 내가 말하면, 우리 집 사정을 아는 반장 아주머니는 어쩔 수 없다는 듯이 돌아섰다. 벌써 빗자루를 들고 서 있던 옆집 아줌마는 비아냥거리며 말했다.

"술 먹은 게 유세야? 누구는 술 먹을 줄 몰라서 이 새벽에 나와서 청소하냐고."

아줌마는 일부러 들으라는 듯이 우리 집 문을 쿵쿵 치며 빗자루질했다. 아빠가 깨서 아줌마와 시비가 붙을까 봐 조마조마했다.

다음 달 청소 날에는 당당하게 "어른 없는데요"라고 말했다. 문이라도 열어서 집에 아무도 없는 걸 보여주고 싶었다. 있는데 안 나오는 파렴치보다 애를 놔두고 외박하는 몰상식이 나았다. "그러면 어른 없이 너희끼리 잔 거야?" 반장 아줌마가 놀라서 물었다. 고개를 끄덕였다. 알겠다고 돌아서는 반장 아줌마 뒤로 옆집 아줌마의 얼굴이 불쑥 나타나 말했다.

"그러면 너라도 나와."

"애가 무슨 청소를 해." 반장 아줌마가 안쓰럽다는 표정으로 나를 봤다.

"어쨌든 한 집에서 한 명은 나와야 공평한 거지. 이 집구석만 무슨 특혜로 청소도 빠지고 반상회에도 안 나오냔 말이야."

옆집 아줌마는 아랑곳하지 않고 말했다. 반장 아줌마가 말려주길 바랐는데, 옆집 아줌마의 말이 일리 있다는 듯 고개를 끄덕였다.

"그래, 그러자. 너희 집 앞이나 좀 쓸고, 어른들 심부름이나 잠깐 하다가 들어가."

어른들이 수도 호스며 대걸레를 들고 북적이는 마당에 덩그러니 혼자 있을 내가 창피했다. '저 집은 왜 애가 나왔어?' 하는 눈치에, "여자는 없고 남자는 주정뱅이라 못 일어난대" 하는 수군거림이 오갈 게 뻔했다.

옆집 아줌마에게는 고등학생 아들이 있었다. 진석 오빠는 공부를 잘해서 서울대에 갈 거라고 했다. 딱 한 번 들어가본 옆집은 사전으로 만든 집 같았다. 옥편을 뜯어서 도배한 듯 벽에도 천장에도 한자투성이였다. 학교에서 배운 '사랑 애'나 '배울 학' 자를 발견하면 기뻤다. 내가 고개를 들고 두리번거리자 아줌마가 뿌듯하다는 듯이 말했다.

"기억하고 싶은 게 있으면 눈에 보이는 곳에다 붙여놓으렴. 애쓰지 않아도 저절로 외워진단다."

구경하라며 안방 문도 열어주었다. 안방 벽은 진석 오빠가 받아 온 상장으로 도배돼 있었다. 집에 돌아와 내 옷장 안쪽에 사진 한 장을 붙여두었다. 없어질 걸 알았다는 듯이 아빠 몰래 빼놓은, 앳된 엄마가 나를 안고 있는 사진이었다.

옆집 아줌마는 진석 오빠의 일이라면 주지 스님처럼 깐깐하게 굴었다. 낮에는 라디오 볼륨도 높이고 큰 소리로 떠들다가, 오빠가 학교에서 돌아오면 묵언 수행이라도 하듯 집을 절간처럼 만들었다. 아줌마네 아저씨가 담배를 물고 나가며 뉴스도 못 보게 한다고 투덜거렸다. 옆집 아줌마는 오빠 공부에 방해된다며 나와 내 동생을 잡도리했다. 복도에서 잠깐 뛰었을 뿐인데 아줌마가 문을 벌컥 열고 노려봤다. 계단을 오르내릴 때도 까치발로 다니라고 단도리했다. 토요일에 〈유머 1번지〉를 보고 웃으면, 아줌마가 벽을 쿵 쳤다. 일요일에 〈쇼 비디오 자키〉를 보다가 웃으면, 또 벽을 쿵쿵 쳤다. 아줌마가 벽을 때릴 때 '칠 타' 자가 생각났다. 아빠는 옆집 여편네가 염병을 한다고 욕하면서도, 진석이를 생각해서 봐준다고 텔레비전 볼륨을 낮췄다.

옆집 아줌마의 만행은 그뿐이 아니었다. 반상회에서 해충 얘기가 나오자, 아줌마는 난데없이 우리 집 탓을 했다. 여자가 없는 집에서 벌레가 생겼을 거라고 말했다. 사람들이 내 얼굴을 쳐다봤다. 안 그래도 웬 어린애가 반상회에 앉아 있나 하고 궁금한 사람들 앞에서 우리 집 사정이 까발려졌다. 나는 바퀴벌레라도 돼서 장롱 밑으로 기어 들어가고 싶었다. 나는 사람 먹을 거도 없는 우리 집이 아니라 아줌마가 복도에 내놓은 쓰레기통에서 구더기가 나오는 걸 본 적이 있다고 말하려다 말았다. 또 아줌마는 내 동생 친구들이 불량해 보인다며, 동생 단속을 잘하라고, 생각해주는 척 말했다. 굳이 동네 사람들이 다 모인 반상회에서. 나는 동생 친구들이 껄렁해 보여도 기껏해야 딱지치기나 하고 라면이나 부숴 먹는 착한 애들이라고 말하려다가 이번에도 참았다. 사람들은 아줌마를 옆집 아이까지 챙기는 좋은 이웃이라고 추켜세웠고, 아줌마는 자기가 이웃 복은 없지만 애들은 죄가 없지 않냐며 나를 측은하게 바라봤다. 나는 옆집 아줌마가 인어공주에게 다리를 주는 척하며 목소리를 빼앗아 가는 마녀처럼 보였다. 엊그제 배운 '악할 악' 자가 생각났다.

어느 날이었다. 아줌마가 아침부터 대문을 두드렸다. 어제 배달 온 우유를 깜박하고 안 뺐는데, 그게 없어졌다며 내 동생이 가져갔을 거라고 했다. 잔뜩 겁먹은 동생은 눈물을 글썽이며 아니라고 말했고, 자다 깬 아빠는 "애가 배가 고프면 그럴 수도 있지 않냐"는 기막힌 소리를 내뱉었다. "네가 훔쳤어?" 내가 무섭게 다그치자, 동생은 "아니야, 아니라고" 하며 눈물을 흘렸다. 아줌마가 이번엔 넘어가지만 다음부터는 안 봐준다고 말하고 돌아갔다. 동생은 억울한 듯 한참을 울었다. 우리는 배가 고파도 남의 물건에 손을 댈 정도로 자존심이 없지는 않았다.

아줌마가 꼴도 보기 싫어졌다. 밖에 나가려다가도 문 열리는 소리가 나면 인기척이 사라질 때까지 기다렸다. 아줌마가 보이면 멀더라도 빙 돌아서 갔다. 어쩔 수 없이 마주칠 때면 건성으로 인사했다. 아줌마는 제대로 가르치는 사람이 없어서 인사하는 꼬락서니가 저렇다며, 듣기 싫은 소리만 골라 했다. 학교에서 '떨어질 낙' 자를 배울 때 '아줌마 아들 대학에 떨어져라' 하고 생각했다. 진석 오빠에겐 미안하지만.

어느 날 그릇을 씻으려고 설거지통에 손을 넣었다. 손등을 따라 팔까지 오싹한 기분이 들었고, 부연 물은 분홍색이었다가 점차 시뻘건 색으로 변했다. 팔을 들었다. 내 살점인 게 분명한 흰 덩어리가 손등에 간신히 매달려 있고, 칼로 도려낸 듯한 자리에선 붉은 피가 샘솟고 있었다(나는 흰 뼈를 봤다고 기억한다). 오비맥주라든가 서울우유라고 쓰인 유리컵을, 동생 놈이 설거지통에 던지는 바람에 서로 부딪혀 날카롭게 깨진 곳에 내가 손을 쑥 집어넣은 모양이었다. 이전에도 종이에 베이거나 넘어져 피가 난 적은 있었지만, 이렇게 피가 냇물처럼 흐르는 건 처음 봤다. 두루마리 휴지를 가져다 닦는 건 아무 소용이 없었다. 순식간에 피 뭉치가 되었다. 피를 많이 흘리면 죽는다는데, 덜컥 겁이 났다. 수건을 꺼내 손을 감쌌다. 잠깐 사이에 피가 흘러 팔을 적셨다. 침착하자고 생각하면서도 울음이 나왔다. 도움을 구해야 했다. 파출소까지 뛰어갈 생각으로 문을 열었다. 계단을 뛰어 내려가는데 하필 옆집 아줌마가 올라오고 있었다. 뛰지 말라고 잔소리하려나, 인사 안 하냐고 화내려나 생각하는 찰나에 아줌마가 소리를 질렀다.

"피, 피가! 진석아! 여보! 얼른 나와봐."

아줌마는 아파트 전체가 떠나갈 듯 큰소리로 오빠를 불렀다.

'아이참, 아줌마도. 시험 기간이라 더 조용히 해야 한다고 엄포를 놓더니, 공부하는 오빠를 부르면 어떡해요.'

나는 아줌마 손에 이끌려 옆집으로 들어갔다. 진석 오빠와 아저씨가 놀라 하얘진 얼굴로 달려왔다. 진석 오빠는 내 손을 심장 위로 들어 올렸다. 이래야 피가 멈춘다고 했다. 약통을 꺼내 온 아저씨는 "아플 거다"라고 말한 뒤, 내 손에 소독약을 부었다. 나는 아파서 남의 집인 것도 잊은 채 발버둥을 쳤다. 그때 아줌마가 나를 당신의 가슴 쪽으로 끌어당겨 안았다. 한 손으론 내 등을 받치고, 다른 손으론 내 얼굴을 당겨 상처를 보지 못하게 했다.

"괜찮아, 괜찮아. 이제 피 멈췄어."

아줌마가 내 귀에 연신 말했다. 그러는 사이 아저씨가 연고를 발라주고 흰 붕대도 칭칭 감아주었다. 아줌마는 흐느끼는 내 등을 오랫동안 토닥였고, 나는 울다가 진이 빠져 아줌마 품에서 잠이 들고 말았다.

작은 손등에 오백 원 동전만큼 크던 상처는 아물어갔고, 내 손이 자라는 속도대로 자국을 줄여 손등에서 손목으로 팔을 따라 올라가더니, 이제는 어디에 있는지도 모르겠다. 그날의 경험으로 나는 유리컵을 무서워하는 어른이 되었지만, 어른을 미워하지 않는 어린이가 되었다. 어쩌면 내 어깨나 등에 있을지도 모를 그날의 상처엔 '따뜻할 온' 자가 새겨져 있을 것만 같다.

조금만 더 기다려줘

유명인이 만나고 싶어 하는 사람을 찾아주는 〈TV는 사랑을 싣고〉라는 프로그램이 있었다. 스튜디오 문을 바라보며 기다리던 이의 이름을 부른다. 꼭 두 번 불러야 나오는 지인에 애가 탔다. 좋아하던 모습 그대로의 첫사랑이 나오면 떨리고, 배나온 아저씨가 나오면 웃음이 났다. 옛 친구가 등장하면 신이 나고, 지팡이를 짚은 은사가 걸어 나오년 뭉글해졌다. 네가 찾는 사람도 아닌데 반갑고 기쁘고 그랬다. 만나고 싶던 사람이 세상을 떠났을 때, 오열하는 의뢰인과 같이 울었음은 말할 것도 없다.

"네가 만약 〈TV는 사랑을 싣고〉에 나간다면, 누굴 찾고 싶어?"

친구에게 가끔 묻곤 했다. 친구들이 젊어서는 교회나 절 등 종교 시설의 오빠를 보고 싶어 하더니, 요새는 첫 직장의 사수나 재수 학원 동기를 찾고 싶다고 말한다. 아무래도 나이가 드니 사랑이니 이성이니 하는 것은 무의미하고, 같이 고생했던 전우를 찾고 싶은 모양이었다(첫 직장의 사수에게 "왜 나를 괴롭혔니" 하며 따귀를 올려붙이고 싶고, 학원 동기를 만나면 "네가 내 카시오 손목시계 훔친 거 맞잖아" 하며 멱살 잡고 싶다는 이유는 못 들은 걸로 하겠다). 내가 만약 〈TV는 사랑을 싣고〉에 나간다면, 초등학교 시절 내게 처음으로 단짝의 의미와 기쁨을 알게 해준 친구를 찾고 싶다. 손재주가 많고, 편견 없이 벗을 사귀며, 자신은 공부에 관심이 없어 선생님께 꿀밤을 맞으면서도, 내가 상장을 받으면 누구보다 크게 손뼉을 치던 내 친구 연지를 말이다.

운이 트였다고 해야 하나, 6학년 때는 어리둥절할 정도로 좋은 일이 많았다. 외롭기만 하던 내 일상에도 빛이 들기 시작했다. 글짓기 대회에서 상을 받고 친구도 생겼다. 반장이 되고 교내 방송국 작가도 됐다. 목사님 딸부터 날라리까지 두루두루 사귀었다. 연지는 나쁜 짓은 안 하는 일진이었는데, 부유하고 예쁜 연지가 나와 친구가 된 게 신기하기만 했다. 나는 연지를 따라다닌 덕에 우리 학교 일진의 대화도 들을 수 있었다. 초등학생답지 않게 깡다구가 있었고 무리의 위세를 지키려고 하는 규칙도 있었다. 이를테면 '우리 학교 앞 분식집에 옆 학교 일진은 못 오게 하라', '소풍 날에 일반 학생은 땡땡이 셔츠를 못 입게 하라' 같은 것이었다. 실제로 땡땡이 셔츠는 일진만 입을 수 있다는 소문이 퍼졌는데, 당일 아침에 아무것도 모르고 땡땡이를 입고 온 아이가 수의라도 걸친 듯 놀라, 집에 돌아가 옷을 갈아입고 오기도 했다(일진이 모여 찍은 땡땡이 단체 샷은 선생님들 사이에서도 화제가 됐다. 얘네가 뭐가 될까, 하고).

나와 단둘이 있을 때의 연지는 여느 소녀와 다름없었다. 거울을 앞뒤로 보며 혼자 디스코 머리를 땋고, 하얗게 튼 내 손등에 존슨즈 크림을 발라주었다. 손재주가 남달랐던 연지는 하드보드지로 필통을 만들었는데, 패션 잡지까지 오려 붙인 모양이 예뻐 선생님이 탐낼 정도였다. 또 연지는 옷을 좋아해서 유행하는 옷을 사기 위해, 버스 한 시간 거리의 동대문 시장까지 다녔다. 나는 시장 오빠들이 "어디서 왔어?", "뭐가 필요해?"라고 말을 걸며, 옷깃이라도 잡으려 하면 기절할 것처럼 무서웠는데, 연지는 그들과 농담도 하고 연락처를 주고받았다. 정말 담대한 아이였다.

연지 어머니는 나를 좋아했다. 행색은 꼬질꼬질해도 학급 반장이라고 하니, 연지가 무서운 아이들과 어울리는 것보다는 낫다고 생각하는 듯했다. 학교가 끝나면 연지 집에서 살다시피 했다. 그날도 연지 어머니가 친구분들과 화투를 치고 있었다(당시 어머니들이 모두 화투를 친 건 아니다). 한 아주머니가 나를 보더니 "쟤는 이 집에 올 때마다 있네" 하고 아는 체를 했다. 연지 어머니가 "쟤는 우리 연지 꼬붕이야"라고 말했다. 연지가 떡볶이와 햄버거도 사주고 버스비까지 내주면서 데리고 다녔으니 연지의 졸개라는 말이 틀리지는 않았다.

연지 어머니가 돈을 따고 있을 때는 자리 뜨는 거 아니라면서 배달 음식을 주문했다. 철가방을 든 아저씨가 상에 뚝배기를 여섯 개나 내려놓았다. 뜨거운 비닐 랩을 풀었더니, 작고 흰 닭이 국물에 잠겨 있었다. 내가 손을 못 대자 연지 어머니가 "삼계탕을 처음 보니?" 하며 놀랐다. "동무, 북한에서 왔습네까? 오늘 몸보신 좀 하시라우." 연지 어머니 친구가 말하자, 다른 아줌마들까지 박장대소했다.

"이모들, 쓸데없는 소리하지 말고 밥이나 드세요."

연지의 목소리에는 팽팽한 기가 있었다. 아줌마들은 '저년 맹랑한 거 좀 보소' 하는 눈빛을 주고받았다. 연지 어머니는 머쓱하면서도, "우리 연지가 제 친구는 끔찍이 챙겨요. 의리가 있어"라고 말하며 연지 편을 들었다. 연지는 들은 척도 안하고 닭 다리를 뜯어서 내 접시에 올려주었다. 물에 빠진 닭은 내 입에 맞지 않았다.

후로도 나는 연지 어머니 친구들과 자주 어울렸다. 나는 어머니들한테 손톱은 둥글게 자르고 발톱은 일자로 자를 것, 운동화를 안 쓰는 수건과 세탁기에 넣어 돌리면 깨끗해진다는 것, 밥솥에 달걀 푼 그릇을 넣으면 달걀찜이 된다는 걸 배웠다. 내가 엄마가 없다는 걸 알고 이모들이 알려준 생활의 지혜였다. 물론 화투 치는 법이랑 욕도 많이 배웠다.

졸업식 날 방송국 활동을 열심히 했다고 교장실에서 공로상을 받았다. 교실에서 담임 선생님이 다시 한번 상장을 읽어주었다. 연지가 자기가 상을 받은 것처럼 환호성 하자, 반 아이들이 웃으며 같이 박수 쳤다. 뒤에 서 있던 연지 어머니가 '쟤가 속도 없이 왜 저래' 하는 듯 머쓱해하다가, '우리 연지가 의리가 있지' 하는 표정으로 나를 보며 웃었다. 나도 연지와 연지 어머니를 보며 웃었다. 졸업식이 끝나고 연지 어머니가 내 손을 잡으며 말했다.

"중학교가 달라졌어도 우리 연지랑 계속 만나야 해. 우리 집에 와서 매일 밥도 먹고. 아줌마가 부탁할게. 알았지?"

지나고 보니 뭔가를 예감한 듯한 말이었다.

중학교에 간 연지는 많이 달라졌다. 웃는 얼굴로 엄마 속을 썩이는 아이가 되었다. 오랜만에 만난 연지를 따라 아지트라고 하는 곳을 갔다. 간신히 달린 녹슨 철문을 밀고 들어간 단층집은 쓰레기장이나 다름없었다. 연지는 그곳의 언니 오빠들과 줄담배를 피우다가 한 방에서 혼숙했다. 나도 연지 옆에 붙어서 잠을 잤다. 이불도 베개도 없었다.

"왜 집에 안 가고 여기서 자?"

연지 어머니의 얼굴이 떠올라 귓속말로 물었다.

"그냥 뭐. 친구들하고 노는 거지. 여기 언니 오빠들 좋은 사람들이야."

새벽에 나는 혼자 그 집에서 나왔다. 연지와 바라보는 방향이 달라졌다고 생각했다.

연지는 야간 고등학교에 진학했다. 오랜만에 만나기로 한 날, 멀리서 걸어오는 연지를 보고 기절할 뻔했다. 머리를 박박 밀고, 주먹만 한 링 귀걸이에, 배를 다 내놓고 브래지어만 입은 차림으로 내게 걸어왔다. 나는 이대로 도망쳐야 하나 싶었다. 연지랑 학교 앞 쫄면 집에 갔다. 교복 입은 여학생들이 반은 연예인 보듯, 반은 깡패 보듯 힐끔거렸다. 여전히 상냥하고 잘 웃는 너인데 얼마나 멀리 간 거니, 어디까지 갈 생각인 거니.

내가 알던 연지가 사라졌다고 느꼈다. 그리고 또 한참 후 전화 통화에서 어머니의 안부를 물었을 때, "우리 엄마? 잘 있겠지? 난 남편이랑 살아서"라는 연지의 말에 눈앞이 어지러웠다.

"고등학생인데 결혼했다고? 누구랑?"

쏟아지는 나의 질문에 연지가 웃으며 답했다.

"결혼은 안 했는데 남편은 있어."

마지막 연락이었다. 내가 연지의 전화를 피했다. 고지식한 나는, 패션과 유행에 앞서가고 사랑에 빨리 눈뜬 연지를 이해하지 못하고, 그저 비행이라 여겼다.

내가 만약 〈TV는 사랑을 싣고〉에 나간다면, 연지를 찾고 싶다. 제작진이 나와 연지가 함께 다녔던 초등학교를 찾아가 생활기록부를 들춰보고, 개인 정보라 알려줄 수 없다는 고등학교 총무실에 실망하다가, 친했다는 선생님이 연락처를 줘서 찾아간 연지는 꽤 예쁜 모습일 것이다. 손재주가 남달라서 미용 혹은 디자인 쪽에서 일하고 있을 듯하다. 자기를 쏙 빼닮은 딸의 머리를 땋아주고, 존슨즈 크림을 발라주는 엄마가 됐을지도 모른다.

"연지야" 하고 이름을 부르면 스튜디오 문이 열릴 것이다. 갈색 긴 머리에 베이지색 원피스 차림의 연지가 나온다. 내가 달려가 끌어안고 "미안해"라고 말하면, "꼬붕 주제에 내 연락을 안 받아?" 하고 받아치며 장난스럽게 웃을 것 같다.

"어머니는 안녕하셔?"

"너 만나러 간다고 하니까, 엄마도 너 보고 싶다면서 따라왔어."

다시 한번 음악이 흐르고 할머니가 된 연지 어머니가 나오면, 나는 달려가 어머니를 부둥켜안을 것이다.

"연지랑 계속 안 놀아서 죄송해요."

내가 눈물을 흘리며 말하면,

"아니야. 연지 마음속엔 항상 네가 있었어. 너를 만나고 온 날엔 꼭 나에게도 전화했지. 나는 연지가 돌아올 걸 알았어."

감동적인 상상이다. 자, 이제 나만 유명인이 되면 된다.

연지야, 조금만 더 기다려줘. 내가 찾아갈게.

그럼 우리는 자매인가요

　내 친구가 심장마비가 온 60대 여성을 살렸다. 목욕탕에서 쓰러진 여성은 맥박도 의식도 없는 상태였다. 친구는 오로지 사람을 살려야겠다는 생각으로 심폐소생술을 했다. 응급 구조 후 깨어난 여성이 찾아와, 제2의 인생을 살게 됐다며 고맙다는 인사를 전했다고 한다. 누군가에게 생명의 은인이 된 친구가 자랑스럽다. 나에게도 새 삶을 준 것과 같은 고마운 사람이 있다. 내가 사랑받기 충분한 존재, 칭찬받을 일이 많은 아이, 부모의 문제는 나와 아무 상관이 없는 거라고 말하며 안아준 사람이 있었다.

내가 6학년 때 반장이 되고 친구도 사귀게 된 건, 담임이라는 은인을 만나서다. 초등학교 때는 성적순으로 반장 후보가 됐는데, 5학년 때 선생님은 콕 집어 내게 물었다.

"너는 반장이 되면 엄마가 학교에 오실 수 있니?"

나는 고개를 저었다. 6학년 때도 반장 후보에 올랐다.

"반장 후보 포기하고 싶은 사람?"

선생님이 물었다. 나는 미리 매를 맞자는 심정으로 손을 들었다. 혹시라도 반장이 됐는데 엄마가 없다고 하면 선생님이 화낼지도 모르니까.

"저는 엄마가 학교에 못 오셔서 반장을 못 합니다."

나는 약간 울먹였던 것 같기도, 선생님의 눈빛이 흔들렸던 것 같기도 하다. 선생님이 다시 말했다.

"반장은 엄마가 아니라 본인이 하는 거죠. 자, 용기 있게 말한 어린이에게 모두 박수를 쳐줍시다."

투표하기도 전에 박수받은 나는 수월하게 반장이 됐다. 환경 미화를 위한 새 커튼은 언제나 반장 몫이었기에 계속 마음에 걸렸다. 선생님에게 미움받을까 봐 걱정됐다.

"엄마한테 말해서 커튼을 사 올까요?"

내가 조심스레 묻자, 선생님은 조금 화난 표정으로 말했다.

"네가 그런 거에 신경을 왜 써?"

선생님은 새 커튼 대신 원래 있던 커튼을 떼서 당신이 세탁해 왔다.

선생님은 내가 행운목이라도 되는 듯 관심과 칭찬이라는 물을 퍼부었다. 선생님 심부름은 반장의 특권이자 귀찮음이었는데, 나는 꿈에서도 선생님의 심부름을 기다렸다. 선생님에게 도움이 된다면 용왕의 간이라도 구해 올 기세로 학교에 다녔다. 수업이 끝나고도 교실에 머무르는 연지와 나를 보고 옆반 선생님이 말했다.

"얘네는 꼭 선생님 딸들 같아요."

"얘가 내 첫째 딸이고, 연지가 둘째 맞아요."

선생님이 내 어깨를 잡으며 '첫째'라고 말했을 때 심장이 기쁨으로 떨렸다. 나는 내가 제일 좋아하는 사람이 나를 당신 딸이라 말해서 좋았고, 밖에선 꼬붕이었는데 교실에서는 연지의 언니라서 신이 났다. 연지도 선생님의 관심 안에서 노는 게 싫지만은 않은 듯했다.

교내 글짓기 대회에서 여러 번 상장을 받은 것도, 졸업식에서 공로상을 받은 일도 담임 선생님의 입김이었다고 생각한다.

“이번 글은 마무리가 좀 약했지? 그래도 내가 최우수상 감이라고 밀어붙였어.”

이런 말을 들은 적이 있기 때문이다. 나는 선생님 덕으로 상을 받았다는 부끄러움보다 누군가가 나를 위해 애썼다는 사실이 좋았다. 나는 상장을 사랑의 증거로 여기고 차곡차곡 모았다.

졸업식이 끝나고도 교실에 남았다. 연지는 같이 가자고 했지만 연지의 아빠와 할머니까지 모인 식사 자리에 낄 수 없었다. 교실에 남아 선생님과 청소했다. 커튼을 모아서 묶고 창문을 열었다. 창틀에 있던 화분은 선생님과 하나씩 들어 교무실에 가져다 두었다. 책걸상을 뒤로 밀어 빗자루질한 다음, 다시 앞으로 밀어 먼지를 쓸었다. 대걸레로 내가 일, 이 분단을 선생님이 삼, 사 분단의 바닥을 닦았다. 선생님과 나란히 서서 대걸레를 빨았다. 교실로 돌아와 창문을 닫고, 묶어두었던 커튼을 펼쳤다. 칠판지우개는 누가 벌써 털어놨지, 내가 하면 되는데.

“손걸레로 책상을 닦을까요? 먼지가 내려앉은 거 같은데요.”

선생님이 나를 물끄러미 보다가 고개를 저었다. 청소가 끝나버렸다. 이제는 더 있고 싶어도 머물 수 없었다. 선생님이 나를 곁으로 불렀다. 나는 반장 선거 날 손을 들 때처럼 주뼛거리며 다가갔다. 선생님이 나를 가만히 끌어안았다.

"너는 가슴에 한이 있어. 그걸 꼭 글로 써. 드라마를 써도 좋겠다. 나중에 선생님이 텔레비전을 보다가 네 이름이 나오면, 우리 첫째 딸이라고 자랑하며 다닐게. 할 수 있지?"

빗자루질하고 바닥을 닦는 동안 눌러놓았던 눈물이 주르륵 흘렀다. 졸업식 날 서럽게 우는 아이도 학교에 남아 있고 싶어서 우는 건 아니라지만, 나는 영원히 선생님의 학생이고 싶었다. 선생님의 눈도 투명하게 빛났다. 이 또한 사랑의 증거로 기억한다.

언젠가 블로그에 선생님의 실명을 적어 글을 쓴 적이 있다. 한참 후에 이런 댓글이 달렸다.

'저도 선생님이 그리워서 선생님 성함을 검색했다가 이 글을 읽었네요. 저도 선생님 딸이었는데, 그럼 우리는 사매인가요?'

당신의 아침밥과 저녁밥 덕에

상대의 마음을 얻으려거든 그 사람의 위장을 채워주라는 말이 있다. 그래서 〈밥 잘 사주는 예쁜 누나〉라는 드라마가 인기였을까. 할머니가 그리운 건 뚝배기에 고봉밥을 먹이고도 입가심이라며 약과와 곶감을 내는 풍요로움 때문이고, 나의 첫 회사 선배가 기억에 남는 건 내 몫까지 담아 온다는 넉넉한 도시락 덕분인지도 모르겠다.

염치없는 동시에 운이 좋게도 내게는 두 명의 밥 어머니가 있었다. 초등학교 때는 연지 어머니가 내 밥 어머니였다. 식성이 까다로운 연지와 꽁지처럼 붙어 있는 주제에 가리는 게 많은 나 때문에, 어머니가 끼니마다 애를 썼다. 이때만 해도 고기는 명절에나 구경할 수 있는 음식이었는데, 연지는 밥상에 고기가 없으면 먹을 게 없다고 투정했다.

"애는 전생에 고기 못 먹어 죽은 서양 귀신이었나 봐."

어머니의 말에 연지는 콧방귀도 안 뀌었다. 나는 마가린이 조금만 들어가도 느끼하던데 연지는 치즈를 녹인 밥에 마요네즈까지 비볐다. "진짜 맛있어"라는 연지의 말을 믿고 따라 했다가, 한 숟갈 먹고는 속이 울렁거려 숟가락을 내려놓았다. 얻어먹는 주제라 밥을 버리지도 먹지도 못하는 나를 보고, 연지 어머니가 말했다.

"친구는 굶고 있는데 네 입에는 밥이 들어가니?"

연지도 이때만은 샐쭉해졌다. 연지 어머니가 달걀부침에 간장을 넣어 다시 밥을 비벼주었다. 연지 어머니는 집에 가서 먹으라고 밑반찬을 담아주고, 김밥 한 줄 더 싸는 건 일도 아니라며 소풍 도시락도 만들어주었다. 연지가 내 그릇의 삼계탕 다리 떼는 걸 보더니, "그렇게만 알려주먼 쓰니" 하며 가슴살도 발라주고 배 안에 든 찰밥도 꺼내 그릇으로 옮겨줬다. 인삼이랑 대추는 먹지 말라고도 일러주고. 다음번에 연지가 삼계탕을 먹고 싶다는데도 연지 어머니는 갈비탕을 주문했다. "갈비탕도 처음 보니?" 하고 또 놀랐지만(네, 북한에서 왔습네다).

중학교 때 밥 어머니는 유정이 어머니였다. 아침 일찍 문을 두드리면, 유정이 어머니가 잠이 덜 깬 얼굴로 "벌써 시간이 이렇게 됐니?" 하며 문을 열어줬다. 유정이 어머니는 곧장 부엌으로 가고, 나는 안방으로 들어가 유정이를 깨웠다. 유정이는 좀처럼 일어나지 않았다. 내가 한참을 흔들고 텔레비전을 켜고 이불을 걷으면, 그제야 눈을 떴다.

"너는 할매냐? 어린애가 왜 이렇게 아침잠이 없어."

유정이의 단골 아침 인사였다. 유정이 어머니가 들어가면 어두운 부엌이 금세 따뜻한 공간으로 바뀌었다. 요술 지팡이를 휘두른 듯, 순식간에 계란말이가 나타나고 호박 무침과 참기름을 바른 김도 상에 올랐다. 머리는 부스스하고 다 늘어난 티셔츠에 무릎 나온 바지를 입고 있어도, 나는 유정이 어머니가 참 예쁘다고 생각했다. 무뚝뚝한 말투에 유정이에게 소리도 잘 질렀지만 나는 하나도 안 무서웠다. 유정이가 씻으러 들어가면 어머니가 나를 부엌으로 불렀다.

"쟤 기다리다가는 날 새. 너 먼저 먹어."

된장국 냄새가 구수하게 진동했다.

"저는 아침 먹고 왔어요."

유정이 어머니는 잠시 멈칫하더니, 말 같지도 않은 소리 말라는 표정으로 말했다.

"그래도 그냥 먹어. 얼마 되지도 않아."

김이 모락모락 나는 된장국에 밥을 말아서 먹었다. 밤새 배고픔에 쪼그라들었던 위장이 따뜻한 물을 머금은 스펀지처럼 통통해졌다.

유정이 어머니는 다음 날도, 또 그다음 날에도 나를 당신 딸보다 먼저 밥상에 앉게 했다. 내가 밥을 먹고 왔다고 해도, "밥 냄새 나는데 따로 앉는 거 아니야" 하며 내 앞에 숟가락을 놓았다. 어느 날엔 어머니가 동그랗게 말린 양말을 내 앞으로 던졌다. "이걸로 갈아 신고 가." 빨아놓은 양말이 없어서 어제 신었던 걸 그대로 신었더니 고린내가 났었나 보다. 내가 주뼛거리자 유정이가 말했다. "그냥 신어. 내 양말 깨끗해." 툭툭 던지는 말버릇이 비슷한 모녀였다.

유정이는 혼자 밥 먹는 게 싫다고 저녁에도 나를 불렀다. "나도 염치라는 게 있어"라고 거절하면, 돼지갈비와 동그랑땡이 있다고 꼬셨다. 그러면 나는 못 이기는 척 냉큼 달려갔다.

"우리 엄마가 일하는 식당에서 가져온 거야."

유정이가 말했다.

"식당?"

"응. 우리 엄마 돼지갈빗집에서 일하잖아."

“그래서 음식을 잘하시는구나.”

“나는 우리 엄마가 창피해.”

“왜?”

“몸에서 고기 냄새 나는 것도 싫고… 저번에는 동네 개들도 따라왔어. 남자애들이 갈빗집에서 우리 엄마 봤다고 말할 때마다 진짜 부끄러워.”

“… 그래도 나는 엄마 중에서 너희 엄마가 제일 좋던데.”

“왜?”

“아침에 되게 피곤해 보이는데도(이제야 이유를 알게 됐지만), 너 밥 먹여 보낸다고 부엌에 들어가시잖아. 늦게 일어나는 네 뒤치다꺼리도 하고.”

“야, 밥 안 해주고 안 챙겨주는 엄마가 어디에 있냐?”

“… 있지.”

“… 그렇구나. 제일 좋은 엄마로 뽑혔다고 우리 엄마한테 꼭 전해줄게. 좋아하실 거야.”

유정이는 고등학교를 졸업하고 엄마와 함께 울산으로 거처를 옮겼다. 나는 친구 중에 제일 먼저 결혼하고 애를 낳았다. 첫째의 돌잔칫날, 못 온다던 유정이가 나타났을 때, 나는 돼지갈비를 처음 맛봤을 때처럼 깜짝 놀랐다.

"아침잠 없이 성질이 급하더니 애도 새벽같이 낳았구나."

유정이다운 축하였다. 멀리서 와준 게 고마워 와락 안았더니, 징그럽다는 듯 밀며 상자를 내밀었다. "우리 엄마가 너한테 보내는 선물이야." 상자 안에는 자그마한 아기 신발과 흰 봉투, 그 위에는 정성 들여 쓴 글씨가 있었다.

'잘 커줘서 고맙다.'

생각해보면 그때 유정이 어머니는 지금의 내 나이와 비슷했다. 피곤한 아침마다 문을 두드리는 딸의 친구가 달갑지 않았을지도 모른다. 오지 말라고도 하고 싶고 더 늦게 오라고도 말할 수 있었지만, 비쩍 마른 얼굴이 안쓰러워 그러지 못했을 것이다. 내 딸년은 일어나지도 않는데, 뒤에서 기웃거리며 "도와드릴까요?"라고 물으며 밥과 반찬에 눈을 못 떼는 아이를 모르는 체할 수 없었을 것이다.

나는 밥 어머니들 덕에 평균의 키로 자랐다. 이토록 오래 당신의 손맛을 기억하는 아이가 있다는 걸 어머니들은 알까. 당신의 아침밥과 저녁밥 덕에 내 몸 안에 온기가 돌았다고, 당신에게 배고파하는 아이를 모르는 체하지 않는 법을 배웠다는 걸 아시려나. 내게는 당신들이 밥 잘 사주는 예쁜 누나보다 더 아름다운 사람이라는 걸 말이다.

여자들의 연대

배가 묘하게 아팠다. 배탈인가 싶어서 화장실에 가면 아무 것도 안 나오고, 체했나 싶기엔 묵직한 복통이었다. 뱃속에 맷돌만큼 큰 돌 하나가 들어, 이리로 한 번 저리로 한 번 구르는 듯했다. 진땀을 흘리며 바닥을 뒹굴다가, 언젠가 학교에서 배운 내용이 떠올랐다. 초경이었다. 임신할 수 있는 나이가 된 거고, 생리대 사용법 등을 배운 기억이 났다. 남자 녀석들은 괜히 킥킥거렸고 여자아이들은 은밀한 비밀을 들킨 듯이 부끄러워했다.

아빠한테 생리대 살 돈을 달라고 하기엔 죽기보다 싫었다.

내 몸에 변화가 왔다는 걸, 아빠 입에서 네가 여자가 되고 어쩌고 하는 말을 들을 바엔 죽는 게 나았다. 엄마한테 전화해 생리를 시작했다고 말했다. 엄마는 당황한 목소리로 내일 돈을 보내줄 테니 생리대를 사라고 했다. 축하한다느니 아파서 어떡하냐느니, 별다른 말을 기대한 건 아니었지만 왠지 서글펐다. 두루마리 휴지를 둘둘 말아 팬티 위에 덧댔다. 불편하고 거북했다. 밤새 복통과 밑으로 흐르는 뜨거운 느낌 때문에 잠을 설쳤다. 다음 날 슈퍼에 갔다. 무엇을 사야 할지 몰라 서성였더니 주인아줌마가 다가왔다.

"멘스 하니?"

처음 들어보는 말이었지만 생리를 말하는 듯했다.

"엄마나 언니도 없니?"

고개를 끄덕였다. 아줌마가 생리대 몇 개를 골라줬다. 값이 비싸서 깜짝 놀랐다. 아줌마가 생리대를 신문으로 싼 다음 검은 비닐봉지에 담으며 말했다. "미역국을 먹으면 좋아. 아프다고 세보린을 많이 먹지는 말고. 그리고 이건 내가 먹던 거긴 한데" 하며, 작은 유리병을 봉지 속에 넣었다.

"생강차야. 따뜻한 물에 타서 마시면 배가 덜 아플 거야."

내가 초경을 시작하고 나서야 친구들이 이미 생리하고 있다는 걸 알았다. 생리대를 예쁜 주머니에 담아 다닌다는 것, 양호실에서 하루에 두 개까지 준다는 것도 알았다. 친구가 양호실 생리대는 부직포 같다고 해도, 하나가 아쉬운 나한텐 비단처럼 귀했다. 친구는 쉬는 시간마다 생리대를 교체한다는데 나는 조금 더 오래 썼다.

생리대가 없어서 휴지를 덧대고 등교한 날, 하필 1교시가 체육이었다. 속옷 밑에 괴어놓은 게 빠질까 봐, 얼음 위를 걷는 사람처럼 종종거렸다. 체육복이 흰색인 게 원망스러웠다(어느 여자애가 체육복을 흰색으로 정한 놈은 분명 변태일 거라고 말했다). 하필 앞구르기를 하는 날이라 식은땀이 났다. 원래 운동 신경이 젬병인 데다 아랫도리에 신경 쓰느라 구르는 둥 마는 둥 했더니, 체육 선생이 마른 대추 같은 얼굴로 나를 노려보았다. 무사히 수업을 마치고 교실로 들어가는데, 어느 친구가 갑자기 내 팔짱을 끼더니 속삭였다.

"아주 조금 묻었어. 아무도 못 봤을 거야. 화장실에 가 있으면 내 거 가져다줄게."

나는 생리가 여자를 이어주는 비밀스러운 핏줄 같다고 느꼈다. 누군가가 손가락으로 사각을 만들면 소리 없이 물어도 금방 전달됐고, 내 주머니에서도 친구 손으로 자주 건너갔으며, 내가 없으면 다른 친구에게서라도 빌려 생리대는 이어졌다. '누가 빌리는 건데? 언제 갚을 건데?'라고 묻는 사람은 아무도 없었다. 내가 양호실 패드를 받아 쓴다고 하자, 다음 날 한 친구가 생리대 한 팩을 내 가방에 욱여넣으며 말했다.

"우리 이모가 외국에서 사 온 건데 느낌이 달라."

당황한 내게 "나중에 몇 배로 갚아" 하고 돌아섰다. 자주 들락거리는 내 형편을 눈치챈 양호실 선생님은, "이거 교사용으로 들어온 건데" 하며 생리대 회사에서 보낸 상자를 내게 줬다. 몇 달은 쓰고도 남을 양이었다. 또 다른 친구는 "우리 집에 차고 넘쳐" 하며 한 뭉텅이씩 집어다가 내 서랍에 넣어놓곤 했다. 엄마와 두 명의 언니가 다람쥐 개암 모으듯 생리대를 사다 나른다고 했다.

2007년에 제지 회사 사장이 대선 후보로 나왔을 때, 그가 대통령이 되면 생리대가 무상 제공되지 않을까 하는 순진한 기대를 했다. 그때 나는 돈이 없어서 전전긍긍할 나이는 아니었지만, 아직도 분명 생리대값이 버거운 여성이 있을 기라 생각했다. 요즘 나는 오픈마켓에 생리대 특가가 뜨면 무조건 결제한다. 쌀독의 바닥이 보이는 건 급하지 않은데 생리대 수납장이 비는 건 불안하다. 공원이나 지하철 화장실에서 누군가가 "혹시 생리대…"라고 말을 걸면, 뒷말은 듣지도 않고 얼른 꺼내어 준다. 하나면 된다고 하는데도 두 개 세 개씩 건네준다. 생리대는 시간마다 교체해야 몸에 좋으니까. 딸내미에게는 아예 두어 팩을 학교에 두고 친구들과 나누어 쓰라고 했다. 형편이 어려운 학생들이 신발 깔창을 생리대 대용으로 쓴다는 뉴스를 보고, 정기 기부도 시작했다. 슈퍼 아줌마의 생강차, 양호 선생님의 상자, 수많은 친구에게 진 생리대 빚을 이렇게 조금씩 갚고 있다. 여자들의 연대는 계속된다.

우리의 여름

아침저녁으로 선선한 바람이 불어왔다. 방충망에 매달려 귀청을 울리던 매미 소리는 멀어지고, 커튼 뒤에서 귀뚜라미 노래가 아스라이 들려왔다. 외할머니 집, 여름방학이 끝날 무렵이었다. 귀밑까지 덮은 이불은 포근하고 부엌에서 두런두런 들려오는 말소리도 따뜻했다. 엄마가 다가와 내 발바닥을 간지럽히며 말했다.

"바닷가로 대하 구이 먹으러 가자."

엄마의 흰색 엑센트 차가 꽉 찼다. 운전석의 엄마와 그 옆엔 나, 뒷자리엔 할머니와 봇짐장수처럼 가방을 여러 개 든 이모가 앉았다. 차가 출발하고 얼마 지나지 않아 이모의 가방이 열렸다. 여름 내내 즐겨 먹던 옥수수와 할머니가 잔치에서 양껏 얻어 와 처치 곤란이던 노란 시루떡, 영양 간식이라며 한 말이나 볶아놓고는 손도 대지 않던 서리태가 나왔다.

"먹으러 가면서 간식을 잔뜩 가져오는 사람이 어딨어요. 서리태는 오래 묵은 거죠? 난 안 먹을래."

내가 꽁꽁 언 가래떡처럼 말했다. 엄마도 거들었다.

"시루떡은 안 돼. 가루 떨어지면 차에서 내리게 할 거야."

엄마 말을 귓등으로도 안 들은 이모는 옥수수를 내게 건네며 알 수 없는 말을 했다.

"든든하게 먹어둬. 할 일이 많거든."

바닷가로 간다던 차는 어느 야산으로 접어들었다. 덜커덩거리는 흙길을 지나 너른 밭 앞에 멈춰 섰다. 이모와 할머니는 익숙한 듯 챙이 큰 모자를 쓰고 밭으로 성큼 걸어 들어갔다.

"여기가 어디예요?"

엄마가 면장갑을 꺼내며 답했다.

"친구네 밭인데, 고구마 줄기는 안 거둔다고 마음껏 가져가라더라고. 이거 따서 고구마 줄기 김치 맛있게 담가줄게."

나는 복숭아도 좋아하고 무화과도 좋아하고 옥수수도 진짜

좋아하지만, 여름 음식 중에선 고구마 줄기 김치를 제일 좋아
했다. 따뜻한 밥에 찬물을 말고 그 위에 고구마 줄기 김치를
얹어 먹어야 진짜 여름이었다. 줄기는 아직 하나도 안 땄는데
벌써 군침이 돌았다.

줄기를 아래로 당겨 톡 꺾으라고 엄마가 일러주었다. 너른
흙밭에 무성하게 널린 줄기가 금맥 같아서, 시간 가는 줄 모르
고 소쿠리를 채웠다. 햇볕은 뜨겁고 구부린 허리와 다리가 끊
어질 듯 아파졌다. 관절이란 관절은 다 저리다는 할머니가 걱
정돼 큰소리로 물었다.

"할머니, 괜찮아요?"

쇠똥구리처럼 둥글게 앉아 있던 할머니는 대답할 시간도 아
깝다는 듯이 고개만 끄덕였다. 매일 종아리가 아프다던 엄마
도 쭈그려 앉아서 일어날 줄을 몰랐다. 나는 간신히 소쿠리 하
나를 채웠는데 할머니와 엄마, 이모는 각기 큰 비닐봉지가 터
질 만큼 담았다. 엄마가 "오늘은 이 정도만 하자"라고 말해서
다행이었다.

차에 타자마자 이모의 가방이 다시 열렸다. 소화가 안 된다
고 마다하던 할머니가 옥수수를 우걱우걱 먹고, 엄마가 시루
떡을 허겁지겁 삼켰다. 엄마의 무릎에 노란 콩가루가 우수수
떨어졌다. 나는 차가운 오미자차를 들이켜고 서리태 볶음 한

움큼을 입안에 털어 넣었다. 쿰쿰해 보이던 콩 볶음이 그렇게 고소할 수 없었다.

차는 다시 한참을 달렸다. 백미러로 고개 꺾인 이모를 보고 웃다가, 할머니의 코 고는 소리를 들으며 나도 설핏 잠이 들었다. 차가 멈추어서 눈이 떠졌다. 창밖에는 회색 갯벌이 펼쳐져 있었다. 바다다. 나는 차에서 내려 갯벌 끝 반짝이는 윤슬을 향해 기지개를 켰다. 길가에는 빨간 슬레이트 지붕의 구멍가게만 있을 뿐, 대하 구이를 먹을 식당은 보이지 않았다.

"다 온 게 아니에요?"

"재밌는 거 하나만 더 하고 밥 먹으러 가자."

엄마가 트렁크에서 호미와 양동이, 소금 통을 꺼냈다. 처음이 아닌 듯 도구들은 낡아 있었다. 할머니는 구멍가게 앞 의자에 앉았다. 나는 빠삐코를 사서, 꼭지는 내가 먹고 몸통은 할머니 손에 쥐여주었다.

나는 엄마를 따라 갯벌로 들어갔다. 이모가 뒤따라왔다. 진흙은 발이 빠질 듯 꺼지지 않고 부드러웠다. 호미로 흙을 퍼내자 동그란 숨구멍이 보였다. 그 안으로 맛소금을 뿌리자 기다란 조개가 머리를 내밀었다. 얼른 잡아 뽑았다. 고개를 돌릴 필요도 없이 구멍은 잔뜩 있었고, 소금을 뿌리면 한 번의 꽝도 없이 맛조개가 나왔다. 와! 이런 환희가 있다니. 손만 대면 황금이 생긴다는 미다스가 된 기분이었다. 나는 뒤를 돌아 할머니에게 맛조개를 흔들어 보였다. 알록달록한 파라솔 아래에 앉은 할머니가 나를 향해 손을 흔들었다.

나는 성실한 농부처럼 소금을 뿌리고 맛조개를 뽑았다. "이제 가자. 물이 들어오고 있어." 엄마가 말했다. 나는 "조금만 더. 조금만 더" 하며 짱뚱어처럼 진흙을 파헤쳤다. 물이 발목까지 차오르고 나서야 갯벌 밖으로 나왔다. 양동이 두 개에 맛조개가 가득 찼다.

"나 이제 롯데월드 안 가고 갯벌에 올래요."

내 말에 모두가 웃었다.

어느새 해가 기울어져 수평선은 분홍 비단처럼 빛났다. 차를 타고 조금 더 가서 어느 식당에 들어갔다. 굵고 하얀 소금이 깔린 팬에 크고 투명한 새우가 펄떡거렸다. 아침부터 줄기를 걷고 땡볕에 조개를 캤더니, 밥이고 뭐고 눕고 싶은 생각만 들었다. 지친 우리는 모닥불 쬐듯 빨갛게 익어가는 새우를 바라보기만 했다. 젓가락도 못 들고 멍하니 앉아 있자 식당의 아주머니가 놀라 뛰어왔다.

"새우 다 타겠네. 갯벌에 사람이라도 묻고 왔나, 왜 다들 넋을 뺐어요. 딱 보니까 어머니랑 딸 둘에 손녀구먼, 학생이 얼른 뒤집어."

나는 아차 싶어서 얼른 뚜껑을 열었다. 달궈진 소금이 탁탁 튀었다.

"어쩜 모녀 삼대가 눈이 똑 닮았어요."

아주머니의 말에 할머니와 엄마, 이모와 내가 눈을 은밀히 마주치며 웃었다. 우리 넷은 각각 다른 시기, 다른 곳에서 쌍커풀 수술을 받았기 때문이다. 식당에 숯불값을 내고 맛조개까지 배불리 구워 먹었다.

식당 아주머니가 해변 끝 해송숲이 수묵화처럼 아름답다고 말했다. 엄마와 이모가 붓질한 듯 해변에 낸 길을 따라 할머니와 내가 걸었다. 노을은 더 기울어져 비단 같은 하늘을 붉은빛 도는 먹색으로 물들이고, 바람은 구름처럼 뻗은 소나무 가지 사이를 시원하게 오갔다. 나는 발가락 사이로 모래가 자꾸 들어와 여러 번 멈춰야 했다.

"흙이 왜 우리 손녀 신에만 들어간다니. 늙은 내 발에나 들어오지."

나는 한 손으로 할머니를 붙들고 몸을 숙여, 다른 손으로 발가락 사이를 후벼 팠다. 나는 발이 따끔거리면서도, 엄마가 가끔 되돌아와 내 신발을 털어주는 게 좋아서 오래도록 해송숲 사이를 걸었으면 했다.

그날 밤 우리는 물 먹은 한지처럼 기진맥진하여 누웠다. 할머니가 앓는 소리, 엄마와 이모가 끙끙대는 소리가 잠꼬대인 듯 염불인 듯 밤새 울렸다. 다음 날 모두 아무 일 없다는 듯 일어나 세 봉지나 되는 고구마 줄기를 다듬었다. 손톱 밑이 시커메졌다.

나에게 여름은 풍요로운 수확이자 채집의 계절이었다. 흙냄새를 맡으며 똑똑 끊어내던 보랏빛 줄기, 목덜미가 타는 줄도 모르고 거닐던 갯벌. 손 흔들던 파라솔 아래의 할머니와 모래를 빼느라 내 발 앞에 쭈그려 앉은 젊은 엄마의 정수리도 생각난다. 다듬을 때는 고생스러웠지만 먹는 내내 행복했던 고구마 줄기 김치도. 이렇게 그리워해도 다시는 만날 수 없는 우리의 여름이었다.

3부
그리움은 익숙해서

눈물을 감추려 돌아앉은 뒷모
습이, 이제야 알게 된 나의 보
호자였다.

사주를 믿으세요?

돈이 없다고 다 구차하지는 않던데, 이혼했다고 전부 끝장이 나는 것도 아니던데. 가난해도 망했어도 아빠가 내게 다정했더라면, 나는 안심하고 조금은 행복할 수 있었을 텐데. 아빠는 불행과 불운을 남 탓하면서, 술로 허송세월했다. 내 키가 자라는 만큼 아빠에 대한 원망도 커져, 우리는 점차 서로를 미워하는 일에 익숙해졌다. 엄마를 욕히는 말에 지지 않고 대들자, 아빠는 폭언으로 내 기를 죽이고 마음에 상처를 주려고 했다.

"네 엄마는 웃음 파는 사주다. 너도 엄마 팔자를 닮아서 술장사하게 될 거다."

나는 사주며 팔자가 뭘 의미하는지 몰랐지만, 광기로 형형한 아빠의 눈빛으로 보아 독한 말인 것은 알았다. 술장사의 속뜻을 알게 되었을 때, 가까스로 서 있던 보호자라는 울타리가 바스러진 느낌이었다. 믿을 수 없는 사람 목록의 첫 번째에 아빠를 올려두었다. 그러면서도 아빠의 말이 맞을까 봐, 엄마가 웃음 팔고 내가 술 파는 사람이 되려나 싶어 두려웠다.

엄마는 서울에 정착하지 못하고 외할머니가 있는 시골로 내려갔다. 나는 혼자 고속버스를 타고 엄마의 고향에 드나들었다. 터미널에서 내려 또 털털거리는 버스를 타야 외할머니 집이었다. 할머니는 어린 녀석이 혼자 멀리 다닌다고 걱정했다. 나는 터미널의 쓸쓸함과 지평선의 막막함을 보는 일이 좋다고 말했다. "이년이 역마살이 있나." 할머니가 또 걱정했다.

할머니는 화투장으로 오늘의 운세를 점치고 있었고, 엄마와 이모는 저녁에 먹을 만두를 만든다고 분주한 모양새였다. 엄마가 밀가루 반죽을 치대고, 이모는 두부 넣은 삼베 보자기를 비틀어 짜고 있었다.

"사주를 믿으세요?"

내가 묻자 새초롬한 이모의 눈꼬리가 더 치켜 올라갔다.

"사주? 그런 거 믿지 마. 하나도 안 맞아."

이모는 삼베 보자기를 내려놓고 손사래까지 치면서 질색했다.

"네 외할머니가 철학관 쫓아다니다가 우리가 이 꼴이 된 거잖아. 사주팔자, 궁합 다 헛짓거리야."

엄마가 밀가루 반죽을 쿵 내려치며 말했다. 엄마는 맞선 본 남자(아빠)가 나이도 많고 성격이 벽창호 같아서 싫었는데, 할머니가 돈을 꽤 갖다 바친 역술가가 이 사람이랑 결혼해야 팔자가 피고 외롭지 않은 사주가 된다고 해서, 마음에도 없는 결혼을 했다고 한다.

"나는 또 어떻고."

이모가 지난 세월의 후회를 짜듯 보자기를 더 세게 비틀었다.

"나는 수녀가 되는 게 꿈이었어. 회색 원피스에 흰 베일을 쓴 모습에 홀딱 반했지. 내가 수녀원에 들어간다니까, 네 할머니가 나를 궁합이 좋다는 남자랑 급하게 결혼시켜버린 거야. 결혼하고 얼마 안 있다가, 이 남자가 입에 흰 거품을 물고 발작하더라. 간질 환자인 걸 속였던 거지. 뒤늦게 안 할아버지가 이혼시킨다고 난리가 났고, 네 이모부 집에서는 처분대로 하겠다고 했어."

할머니 쪽을 살짝 돌아보았다. 귀에 보청기가 없어서 다행이었다. 할머니는 오늘의 운세가 나쁜 듯 패를 뒤집으며 구시렁거리고 있었다.

"그래서요?"

"내 꿈이 수녀였다고 했잖아. 수련이라 생각하고 그냥 살기로 했지."

어린 나로서는 상상할 수 없는 결심이었다.

"나도 그냥 서울 가게 두지. 가수가 되고 싶었거든. 죽이 되든 밥이 되든 고생하고 부딪쳤어야 후회가 안 남는데, 옛날 노인네들이 얼마나 무식하고 답답하니. 여자라고 아무것도 못 하게 했어. 아무것도."

엄마가 주무르는 반죽에 원망이 한 스푼, 아쉬움이 두 주먹 들어갔다. 소금 간을 안 해도 짭조름할 거 같았다. '할머니는 대체 왜 그랬대'라고 말하려는 순간, 아무것도 안 들리는 줄 알았던 할머니가 화투장을 패대기치며 소리쳤다.

"네 년들 잘 살게 해주려고 그랬지!"

흘기는 눈에 눈물이 고일까 봐, 얼른 할머니 옆에 가 앉았다. 나는 할머니 어깨를 주무르며 사근거렸다.

"그죠, 할머니. 자기들이 못 살아놓고 왜 할머니한테 난리래."

이모가 "어머, 어머. 저거 말하는 거 좀 봐" 하고 나를 째려보았다. 할머니의 성난 눈꼬리가 슬며시 내려갔다.

점집이며 무당, 철학관을 쫓아다닌 할머니가 후회하고 있었고 사주며 팔자가 전부 아무것도 아니라는 엄마와 이모의 말에 나는 안심했다. 아무렴 맥주 한 모금도 못 마시는 엄마가 술장사할 리 없지, 내가 술을 팔 리가 없잖아.

다음에 시골에 갔을 때, 엄마가 장사를 시작했다고 말했다. 자동차는 읍내를 지나 오래된 가로등이 끔벅이는 거리에 들어섰다. 사람도 안 다니는 길에 엄마 가게가 어디에 있다는 거지. 자동차는 단층 건물 앞에 멈췄다. 주차장이랄 거도 없는 자갈 바닥의 잡초가 내 종아리를 간지럽혔다. 아무도 드나들지 않는 건물 같았다. 작은 철문 위에 그보다 더 조그만 간판이 눈에 띄었다. 누런 타일이 듬성듬성 떨어져 나간 외벽에 홀로 번쩍이고 있는 네온사인이, 사막 한가운데에 있는 꽃 가게처럼 수상해 보였다. 자물쇠로 잠긴 문을 열지, 어둡고 깊은 계단이 나타났다. 어두침침한 백열등에 의지해 벽을 더듬으며 내려갔다. 엄마가 스위치를 올렸지만 시야는 여전히 어둡고 갑갑했다. 좁은 출입구에 비해 실내는 넓었다. 칸막이 안의 테이블이 세 개, 텔레비전 화면을 가운데로 짙은 보라색 소파가 또 네 개였다. 벽의 진열장엔 양주병이 줄지어 서 있었다. 나는 속이 울렁거렸다. '네 엄마는 웃음 파는 여자', '너도 술 파는 사주'라는 아빠의 말이 떠올랐다.

엄마는 뭐가 좋은지 노래방 기계가 있다며 싱글거렸다. 나더러 노래를 부르라고 했다. 나는 고개를 저었다. 이런 곳에서 노래하고 싶지 않았다. 엄마는 마이크를 들더니 화면 앞 의자에 앉았다. 노래방 기계에서 끈적한 신시사이저 반주가 흘러나오고, 엄마는 마치 공연이라도 하는 듯 눈을 감고 노래를 시작했다. 어쩌자고 부르는 곡도 하나같이 청승맞은지. 듣는 사람 하나 없는 노래를 부르는 모습은, 차라리 안 보았으면 싶은 엄마의 맨몸 같았다. 귀를 막고 눈을 가리고 싶었다. 엄마의 목소리가 싫어서 눈물이 나오려고 했다. 오랫동안 엄마를 떠올리면 이날의 모습이 생각나, 지하실 전체가 내 발목을 붙들고 있는 것처럼 마음이 무거웠다.

세월이 흘러 다행히 나는 술을 팔지도, 술에 취하지도 않는 평범한 주부가 되었다.

'거 봐, 내가 무슨 술장사를 해. 타고난 팔자가 어디에 있어.'

어느 날 문득 깨달았다. 역술가의 말을 듣지 않은 엄마는 외로운 팔자가 되었고, 수녀가 되려고 했던 이모는 몸이 불편한 이모부와 절에 기도하러 다닌다. 나는 아이들 학원비를 벌기 위해 시작한 편의점 아르바이트가 10년이 넘었다. 나는 그곳에서 매일같이 술을 팔고 있다. 사주니 팔자니 하는 것을 믿지 않는다며 자신만만하던 내 입에서, 피식 웃음이 새어나왔다.

나의 보호자

나는 겁쟁이다. 세상에서 제일가는 졸보에 겁보다. 약속은 낮에 잡고, 불가피하게 밤에 걸을 땐 휴대폰을 손에 쥔 채 큰 길로 다닌다. 인적 드문 골목은 피하고, 모자와 마스크로 얼굴을 가린 사람이 뒤에 오면 편의점이나 빵집에 들어갔다가 주변을 살핀 후 다시 간다. 원래부터 겁이 많았던 건 아니다. 아카시아를 따러 뒷산에 들어갔다가 길을 잃은 적도 있고, 동네를 활보하고 다니다가 집에 들어가면 텔레비전이 끝나 있던 날도 많았다. 늦은 밤 모르는 이에게 폭행당하면, 피가 터지도록 맞고 울어도 도와줄 사람이 없는 일을 겪고 나면 지독한 겁쟁이가 되고 마는 것이다.

늦게까지 길거리를 다니다가 집에 들어가는 중이었다. 낯선 남자가 나보다 먼저 계단을 올라가고 있었다. 3층을 지나 4층, 꼭대기인 5층까지도 올라갔다. '5층에 저런 사람이 안 사는데, 누구네 아저씨지?'라고 생각한 순간, 남자가 뒤를 돌아 내 목에 칼을 들이댔다.

"소리 내면 바로 죽는다."

아무 소리도, 눈물도 안 났다. 남자는 내 뒷덜미를 잡아끌고 옥상으로 올라갔다. 찍소리도 못 내고 무자비한 주먹을 맞았다. 얻어터지는 와중에 장독대가 보였다. 501호 아줌마가 옥상 문을 안 잠갔구나. 애라도 오라고 해서 참석한 반상회에서 동네가 흉흉하니 밤에는 옥상 문을 잠그자는 얘기가 나왔고, 장독이 많은 501호 아줌마가 당신이 책임지고 단속하겠다고 말했었다. 아줌마가 지금이라도 제발 옥상에 와주었으면 하고 바랐다.

내가 맷집은 좀 세다고 생각했는데, 아니었다. 아빠가 화풀이로 매를 들었다면 남자의 주먹은 나를 죽일 작정으로 날아왔다.

"우리 아빠가 경찰이에요."

비명도 못 지르다가 겨우 입 밖으로 꺼낸, 내 딴에는 남자를 겁주려는 대담한 거짓말이었다.

"요즘 애들 아빠는 다 경찰이냐."

남자가 나를 비웃었다.

"네가 날 따라오지 않았다면, 난 널 때리지 않았을 거다."

아저씨를 따라간 게 아니라 우리 집이 5층이에요, 하고 말하려다 우리 집을 알게 될까 봐 입을 다물었다. 집에 어떻게 돌아왔는지 모르겠다. 얼마나 아픈지도 몰랐다. 어른에게 알려야 할 것 같은데 생각나는 사람이 없었다. 아빠는 어디에 있는지도 모르고, 연락돼도 취한 상태일 듯했다. 엄마는 왜 밤에 쏘다녔냐고 화낼 것 같았다. 하이틴 잡지 뒷면에 있던 24시간 청소년 상담 전화가 생각났다. 졸린 목소리로 전화를 받은 상담사는 내 얘기를 듣더니 깜짝 놀라서, 자기가 혼나지 않게 말할 테니 엄마 연락처를 달라고 했다. 몇 시간 후에 엄마가 어두운 얼굴로 왔다. 얼마나 무서웠냐고, 어디가 아프냐고 물을 줄 알았는데, 화가 난 사람처럼 등을 돌리고 앉아 있었다. 아침 일찍 병원에 갔다. 다행히 큰 이상은 없다고 했다. 의사가 경찰에 신고할 진단서가 필요하냐고 묻자, 엄마가 아니라고 답했다. 나는 바닥만 내려다보고 있었다.

몇 년 후, 중학생이던 남동생도 폭행당했다. 집에 있는데

1층에서부터 귀에 익은 목소리가 복도를 타고 울렸다. 엉엉 울고 있었다. 동생의 얼굴을 보기도 전에 손이 바들바들 떨렸다. 동생은 키가 180이 넘고 덩치도 좋았다. 여름이나 겨울에도 농구나 할 줄 알지, 남한테 맞고 다닐 체격이 아니었다. 엉망진창이 된 동생의 얼굴을 보자마자 피가 거꾸로 솟았다. 몇 년 전 모르는 남자에게 구타당한 내 얼굴과 똑같았다. 동생을 창피해하고 귀찮아했지만, 그건 누나인 내가 할 수 있는 일이지 남이 동생을 때려서는 안 됐다.

"누가 그랬어? 누가 널 이 지경으로 만들었냐고!"

폭력 클럽 가입을 거절하자, 일진들이 빈집으로 애를 끌고 가 때렸다고 했다. 화가 나 머리가 터질 것 같았다. 이대로 넘어갈 수는 없었다. 대충 피만 닦인 후 동생을 데리고 파출소에 갔다. 경찰들이 달려 나왔다. 경찰이 엄마는 어디 있냐고 물었다. 내가 보호자라고 말했다. 아빠는 언제 오냐고 물었다. 내가 보호자라고 다시 말했다.

누가 그랬는지, 그 집이 어디인지를 들은 경찰이 순찰치를 타고 나갔다.

"경찰에 일렀다고 나 또 맞으면 어떻게 해."

바보 멍청이처럼 징징거리는 동생에 속이 상해서 등을 돌리고 앉아 있었다. 경찰이 순식간에 녀석들을 잡아 왔다. 중학생이 맞나 싶게 무서운 얼굴들이었다. 지면 안 될 것 같아서 눈을 부라리고 녀석들을 노려봤다. 잠시 후, 한 녀석의 부모가 파출소에 뛰어 들어왔다. 경찰의 설명을 들은 아주머니가 내게로 와서 머리를 숙였다. 애를 따끔히 혼내겠으니 한 번만 넘어가달라고 했다. 녀석의 아버지가 눈물을 글썽이며 용서해달라고 말했다.

"싫어요. 용서 못 해요. 애 얼굴을 보세요. 내 동생이 무슨 잘못을 해서 이렇게 맞아야 하는데요."

이건 내가 폭행을 당했을 때, 내 부모가 해주길 바라던 말이었다. 내가 잘못한 것도 없는데 눈물이 줄줄 흘렀다. 경찰 아저씨가 나를 밖으로 데리고 나갔다. 아직 조서를 작성하기 전인데 쓰기 시작하면 되돌릴 수 없다고, 녀석도 반성하고 있고 부모가 제대로 혼내겠다고 하니 한 번만 봐주면 어떻겠냐고 물었다. 나는 아주머니의 모은 손과 아저씨의 눈물을 보았을 때, 이미 마음이 약해져 있었다.

"보호자님이 용서해준다고 하니까 너희들 감사합니다, 하고 인사하고 가. 그리고 앞으로 이 동생 근처에 가지도 말고 쳐다보지도 말아. 한 번이라도 더 괴롭혔다는 소리가 들리면, 그때는 바로 구속이야."

경찰의 권위가 살아 있고 구속이라는 협박이 통하던 시절이었다.

　동생의 흉터는 빨리 아물어갔는데, 내 마음의 상처는 몇 날 며칠을 갔다. 저런 못된 놈도 사랑하는 부모가 있고 쓰레기 같은 자식을 위해 머리를 숙이는 사람도 있는데, 왜 나는 나를 낳은 사람이 나를 지켜주지 않을까. 내가 힘들 때 나를 안아주는 사람이 왜 아무도 없을까. 내가 콱 죽으면 누군가가 슬퍼하기는 할까. 영원히 아무도 찾아오지 않는 무덤의 주인이 되려나, 하고 생각했다.

　“누나, 아직도 화났어?”
　며칠 뒤 동생이 물었다.
　“무슨 개똥 같은 소리야?”
　“파출소에 갔을 때, 내가 우는데도 등 돌리고 앉아 있었잖아. 나는 내가 잘못해서 누나가 화난 줄 알았어.”
　“바보 멍청아. 네가 잘못한 것도 없는데 너한테 화를 왜 내냐. 속상해서 그랬다, 열 받아서 등 돌리고 울었다고.”
　그 순간 갑자기, 뒤돌아 앉아 있던 엄마의 등이 떠올랐다. 화나서 붉어진 줄 알았던 얼굴과 피곤하면 자주 터진다는 두 눈의 실핏줄까지도. 아이가 다쳤다는 전화를 받고 얼마나 놀랐을까, 가게의 손님을 내보내고 밤의 고속도로를 달려오면서 무슨 생각을 했을까. 아이가 겪는 사고나 설움이 자신의 탓인 것만 같아서 가슴을 치지 않았을까. 눈물을 감추려 돌아앉은 뒷모습이, 이제야 알게 된 나의 보호자였다.

검은 팬티의 날

어떤 죽음은 태어난 날보다 선명하게 기억된다. 외할아버지가 위독하다는 전화에 하얗게 질린 엄마의 낯빛과 사랑받던 여배우가 스스로 세상을 떠난 날 라디오 디제이의 침통한 목소리, 존경하던 정치인의 사망 비보에 허망하던 아침도 생생히 기억한다. 또 내가 또렷이 기억하는 누군가의 사망일은 만우절과 같은 날이다.

그의 이름을 처음 들은 건 중학교 때였다. 교실 문을 열자 우르르 서 있는 아이들이 나의 대답을 기다렸다.

"장국영이야, 이덕화야?"

둘 중 좋아하는 배우를 택하라는 질문이었다. 장국영이 누군지는 모르지만, 이름이 멋있어서 장국영이라고 말했다. 절반의 아이들이 '우와' 함성을 지르고, 나머지는 '우우' 하고 야유를 보냈다. 다음에 들어오는 친구에게도, 또 다음에 들어오는 아이에게도 물었다. 아마 반 전체를 대상으로 앙케트 조사를 하는 모양이었다.

"이덕화 인기가 많은 줄 몰랐어."

내가 말하자, 짝꿍이 "이덕화가 아니고 유덕화. 〈지존무상〉 유덕화를 모른단 말이야?" 하고 놀랐다. 한창 인기인 홍콩의 영화배우를 말하는 거였다. 손위 형제가 없는 나는 해외 물정에 약했다. 어느 친구네 집에 장국영이 나오는 〈천녀유혼〉과 〈영웅본색〉 테이프가 있다고 했다. 언니가 비디오 가게에서 어렵게 빌려다 놓은 거라고 했다. 장국영의 슬픈 눈빛과 따라 웃게 만드는 미소, 감미로운 목소리에 반하지 않을 수 없었다. 어쩜 이름도 귀공자 같은 장국영인지. 친구는 이미 어제 영화를 봤다고 했다. 나는 가슴이 쪼그라들어서 "장국영 안 죽지?", "해피엔딩이지?"를 자꾸 물었다. 친구가 내 귀에 속삭였다.

"장국영은 영원히 안 죽어."

잠자리 선글라스를 쓰고 청재킷을 입어 유덕화 흉내를 내는 남자애가 많았지만, 장국영처럼 앞가르마를 갈라 무스를 바르고 다니는 녀석도 생겼다. 소녀들은 투유 초콜릿을 부적처럼 품고 다녔다.

고등학생이 되어 사춘기와 입시를 양손에 쥔 우리에게, 영화는 유일한 즐거움이자 위안이었다. 시험이 끝나면 가끔 극장에 가고 주로 친구네나 비디오방에서 영화를 봤다. 커튼을 치고 전등을 끈 방에서 우리는 다정한 두더지처럼 옹기종기 모여 앉아 영화를 봤다. 그 시절 우리가 좋아한 영화들에는 장국영이 있었다.

'세상에 발 없는 새가 있다더군. 늘 날아다니다 지치면 바람 속에서 쉰대. 평생 딱 한 번 땅에 내려앉는데 그건 바로 죽을 때지.'

영화 〈아비정전〉 속 '아비'의 독백이다. 나와 친구들은 이 대사를 주문처럼 외우고 다녔다. 태어나자마자 엄마에게 버림받은 아비는 쉬운 사랑으로 마음의 공백을 메꾸려 한다. 여자들이 그를 품으려 할 때마다 아비는 떠나기를 반복한다. 아비는 친엄마를 만나러 필리핀에 가지만, 엄마는 얼굴조차 보여주지 않는다. 주먹을 꼭 쥐고 밀림 속을 걷는 아비의 뒷모습을 보며 소녀들은 흐느끼다가 서로를 끌어안고 울었다. '발 없는 새'를 생각하다가 맘보춤을 추는 장국영은 또 얼마나 슬프던지. 소녀들은 '아비'에 자신을 비추었다. 공부 잘하는 오빠와 동생 사이에 껴 눈치 보고, 언니의 남자친구를 짝사랑해서 괴롭고, 새엄마가 잘해줘도 불편하기만 하다는, 가슴속에 저마다 슬픈 소리를 간직하고 있는 소녀들은 '아비'를 나 자신과 같다고 생각했다. 편히 쉴 수 없는 자신을 발 없는 새라 여겼다.

〈패왕별희〉는 극장에서 두 번이나 봤다. 비천한 출생, 육손이, 사랑받는 동시에 천대받는 경극 배우, 이념과 전쟁이라는 역사의 소용돌이에서 이리 치이고 저리 치이는 장국영의 표정과 눈빛은 '두지' 그 자체였다. 장국영이 배우를 넘어 전설이 되었다고 느꼈다. 교과서를 아무리 읽어도 머리에 들어오지 않던 문화대혁명이니 중일 전쟁이니 하는 역사가 이해됐다. 영화나 작품에 관해선 잘 모르지만 누가 예술에 관하여 묻는다면 〈패왕별희〉라고, 그중에서도 '두지'를 연기한 장국영이라고 말하게 되었다.

친구와 나는 점심을 빨리 먹고 남는 시간에 잤다. 줄 이어폰을 한쪽씩 나눠 끼고 책상에 엎드려 잤다. 시디플레이어에는 언제나 1995년에 발매된 장국영의 《총애》라는 앨범이 들어 있었다. 재즈풍의 〈a thousand dreams of you〉라는 노래를 들으며 곧바로 잠이 들었다가(피곤한 고3이었다), '챙챙챙챙' 하는 악기 소리와 〈패왕별희〉의 경극 대사로 시작하는 다섯 번째 노래가 나오면 화들짝 놀라 깼다. 눈을 뜨면 마찬가지로 깜짝 놀라 눈이 커진 친구의 얼굴이 있었다. 익숙해질 법도 한데 2학기 내내 잠들었다가 놀라 깼다.

시간이 많이 흐른 어느 날, 믿기지 않는 뉴스를 봤다. 장국영이 세상을 등졌다고 했다. 만우절, 거짓말 같은 일이었다. 뉴스는 계속 같은 화면과 내용을 반복할 뿐이었다. 영화를 함께 보던 친구들이 떠올랐지만, 연락한 지 오래라 허망한 마음을 나눌 사람이 없었다. 같은 날 밤늦게 한 친구로부터 문자 메시지가 왔다.

'너무 슬퍼서 눈물이 안 멈춰.'

우리 모두 가슴 아파하고 있구나. 깊은 밤 나와 같은 감정을 가진 이가 있다는 사실에 용기 내어 그때의 친구들에게 연락했다. 우리 만나자. 강남역의 한 카페에서 만났다. 슬픈 이유로 모였지만 침울하지는 않았다. 되려 신나서 우리가 같이 보내지 않은 시절의 〈해피투게더〉 같은 또 하나의 명작을 이야기했다. 소녀에서 성년이 된 우리는 타인 때문에 외롭지 않고, 하고 싶은 일을 하며, 새엄마와도 잘 지내는 사람이 되어 있었다. 유덕화보다 이덕화가 좋다는 친구도 생겼다. 장국영만 '아비'에서 '두지'였다가, '보영'이 되어 사라졌다. 땅에 몸이 닿는 날이 숨을 거두는 날이라는 아비의 독백처럼, 장국영 자신이 발 없는 새가 되어 날아갔다.

우리는 비디오방에 가서 〈아비정전〉을 봤다. 그의 죽음 때문인지 찾는 사람이 많다며, 가게 사장이 씁쓸하게 웃었다. 우리는 어두운 방에서 옛날처럼 서로의 어깨에 기대어 영화를 봤다. 우리는 추모의 뜻으로 검은 팬티를 사흘 동안 갈아입지 않기로 했다. 또 그의 기일마다 검은 팬티를 입기로 했다. 영원히.

우리는 장국영을 사모한 건지, 아비 혹은 두지를 사랑한 것인지도 알 수 없다. 영화를 좋아한 것일 수도, 좁은 방에 모여 앉은 그때의 우리를 그리워한 것일 수도 있다. '어떤 1분의 기억은 평생 간다'라는 아비의 말이 생각난다. "장국영은 영원히 안 죽어." 내 귓가에 속삭이던 친구의 목소리도 떠오른다. 어떤 죽음은 태어난 날보다 선명하게 기억된다. 매해 4월 1일이면 검은 팬티를 입고 거짓말처럼 떠나간 그를 추억한다.

내 이름 어디에

나는 내 이름이 싫다. 할아버지가 계집아이 이름은 안 짓는다고 해서 아빠가 옥편을 뒤져가며 지었다는 얘기도 짜증 나고, 이렇게 못돼질 걸 알았다는 듯이 착하다는 뜻의 한자가 들어가서 마음에 안 든다. 책에는 본명 대신 필명을 적었다. 누가 내 이름을 알아보고 '옛날에 꼬질꼬질하던 걔 맞지' 하고, 누군가가 '이거 낭신 딸 이름이랑 같은데' 하며 아빠에게 내 책을 내밀고, 책을 읽은 아빠가 '고작 한다는 짓이 부모 망신 주기냐' 하며 성낼까 봐, 본명 대신 필명을 쓴다. 개명 절차가 간단하고 허가가 쉽게 난다면, 아마 진작에 이름을 바꿨을 것이다. 우울한 나를 부르던 이름을 지웠을 것이다.

장난삼아 짓던 예명이나 별명은 그때의 이상형에 따라 계속 달라졌지만, 만약 이름을 바꾼다면 뭐가 좋을까 하는 고민에 오래 머무르는 이름이 생겼다. 그 이름은 아름다운 영화배우나 소설의 주인공이 아니라, 어느 겨울밤 라디오에서 흘러나오던 노래에서 시작됐다. '예솔아.' 할아버지가 불러 대답하니 '너 말고 네 아범'을 부른 거라 하고, 또 아버지가 불러 달려가니 '너 아니고 네 엄마'라고 하는 싱거운 노랫말의 가요였다. 나는 무엇을 하다 말고 손을 놓은 채 노래에 귀를 기울였다. 내 이름에 엄마 아빠가 들어 있을 거라고 노래하는 아이의 목소리에 코끝이 시큰해졌다.

내 이름은 좋은 일에 불리지 않았다. 누구 아비, 누구 어미에 들어가는 내 이름에는 비난과 원망의 말이 뒤따라왔다. 마치 모든 일의 잘못이 나 때문인 듯했다. 누군가 내 탓을 할 것만 같아서 이름이 불리기만 해도 움츠러들었다. 내가 만약 다른 이름으로 불릴 수 있다면, 예솔이가 되고 싶었다. 엄마도 되고 아빠도 되는 이름, 할아버지와 아버지가 애정을 담아 부르는 이름으로.

예솔이라는 이름을 잊고 지내다가 최근에 다시 들었다. 〈더 글로리〉라는 드라마에서였다. 하필 극악무도한 박연진의 외동딸 이름이 예솔이었다. 마치 내가 예솔이라도 된 듯, 다치거나 울게 될까 봐 매회를 가슴 졸이며 봤다. 주인공의 상처에 가슴 아파하고, 악인의 뻔뻔함에 치를 떨다가, 그들이 당하는 복수를 통쾌하게 봤다. 그리고 감동했다. 모두가 예솔이를 지키고 있었다. 사람을 죽게 만들고도 눈 하나 깜짝 안 하는 박연진도 제 딸만은 끔찍하게 아꼈다. 개새끼 전재준도 박연진은 버릴지언정 예솔이를 향한 부정은 지극했고, 친딸이 아니라는 걸 알고도 하도영은, "내가 있는 곳은 예솔이 옆이다"라고 못 박았다. 제일 빠른 복수의 방법으로 아이를 이용할 수 있었던 문동은도 예솔이에게 용서를 구했다. "선생님은 네가 사과하라면 죽는 순간까지 사과할 거야. 너한텐 진심으로 미안하니까"라고.

세상 모든 아이의 이름에 엄마 아빠가 들어 있으면 좋겠다. "엄마를 왜 내 이름으로 불러" 하고 툴툴대면서도, 속으로는 엄마와 내가 하나라는 사실이 기쁜 아이가 많았으면 한다. 할아버지가 지어준 이름이 예쁘다고 생각하는 아이, 나를 부르는 아빠 목소리에 기운이 솟는 아이가 여럿이면 좋겠다.

아마 내 이름에도 엄마 아빠가 들어 있을 것이다. 계집아이 이름은 어쩌고 하는 할아버지가 미운 게 아니라, 옥편을 펴고 머리를 맞댔을 엄마 아빠의 모습이 그려져 내 이름이 싫었다. 엄마가 내 엄마인 게 싫고 아빠가 내 아빠인 게 싫어서, 그들에게서 비롯된 모든 걸 부정하고 싶었다. 아마 나는 내 이름을 떨치지 못할 것이다. 착하고 아름답다는 뜻에 반항이라도 하듯 못되고 못나게 굴면서, 애꿎은 부모 탓만 하는 내 이름에서 벗어나지 못할 것이다. 그러나 속마음 한편에서는 혹시나 하고 기대하는 것이다. 언젠가 본명이 알려져, 누군가 '책 좋아하던 개 맞지' 하며 반가워하고, '작가가 자네 딸 이름이랑 같은데'라며 건넨 책을 아빠가 받아 읽고, '역시 조부의 문학적 피가 이 애에게 흘렀군' 하며 뿌듯해할 모습을 말이다. 당신 흉을 보는 줄도 모르고 아니, 그런 줄 알면서도 헤벌쭉 웃으면서 말이다.

평범해서 어려운 일

여태까지 작은 집을 전전하긴 했어도 반지하는 처음이었다. 창문을 열면 녹슨 창살 밖으로 이끼 낀 담벼락이 보였다. 두 계단을 올라 들어가는 화장실, 변기는 그 안에서도 한 단위에 있었다. 낮은 천장에 머리가 닿을 듯했다. 집안 전체에 정화조 냄새가 진동했다. 나프탈렌을 걸어놓으면 냄새가 빠질 거라고, 아빠가 내 눈치를 보며 말했다. 짐을 들어놓고 나간 아빠는 저녁이 되어도 들어오지 않았다. 휴대용 버너를 꺼내 라면을 끓였다.

"아빠 책이 안 보인다. 이사하면서 잃어버렸나?"

내가 동생에게 물었다.

“아빠가 누나한테 말 안 했어? 아빠는 이제 우리하고 따로 살아.”

“뭐?”

오래 방황하던 아빠는 마음을 다잡고 공인중개사 자격증을 땄다. 여전히 가난하고 인색한 것으로 보아 부동산업은 신통치 않아 보였다. 얼마 후 동생에게서 복덕방에서 밥을 팔기 시작했다는 얘기를 듣고 코웃음 쳤다.

“제 새끼도 못 먹이는 사람이 무슨 식당을 한다니?”

이런 말을 할 때의 나는 꼭 엄마 같았다. 나는 몰랐다. 식당의 주체가 아빠가 아니라 어느 과부라는 걸. 이제는 아예 그 여자와 살림을 차리려 한다는 것을 말이다.

“아줌마 되게 좋아. 형도 좋고.”

동생이 말했다.

“누가 네 형이야? 아예 새엄마라 부르고 그 집에 가서 살지 그래?”

내가 살벌하게 노려보자, 동생은 라면 먹던 젓가락을 내려놓았다. 화가 치솟았다. 아빠는 아줌마, 형과 같이 살고 종종 우리 집에 오기로 했다고, 동생이 애써 밝은 얼굴로 말했다. 아빠에 대한 애정이 있어서 화난 건 아니었다. 술에 취해 비틀거리는 발걸음, 지겨운 신세 한탄을 안 듣게 돼서 잘됐다고 생각하면서도 불쾌했다. 내가 천덕꾸러기, 쓸모없는 존재가 된 듯했다. 그것도 나 혼자면 괜찮은데 동생도 같이, 저 착하고 순한 것도 나랑 같이 버려졌다고 생각하니 분해서 잠이 안 왔다.

아침에 눈을 뜨자마자 복덕방인지 식당인지, 집도 팔고 밥도 파는 이상한 가게로 갔다. 대체 과부는 어떻게 생겼을까. 가난한 형편이 뻔히 보이는 남자와 재혼하다니, 어디가 모자란 사람이 아닐까. 아빠가 여자를 때리고 애까지 패는 사람이라는 건 알고 있나. 아빠에게는 이왕 자식들을 내친 김에 아예 호적에서 파버리라고, 소리를 질러야겠다고 생각했다. 씩씩거리며 가게로 들어갔다. 개업할 때 샀던 남색 소파와 책상은 구석으로 밀려나 있고, 작은 테이블 네 개가 옹기종기 놓여 있었다.

"큰딸이구나, 아빠는 시장에 가셨어. 거기 앉아."

화장을 진하게 한 못생긴 아줌마가 나를 보자마자 말했다. 나는 놀라서 얼어붙었는데, 아줌마는 내가 올 줄 알았다는 듯 여유롭게 굴었다.

"아빠랑 빼닮았네(젠장), 아주 착하게 생겼어."

나는 독기를 품었다고 생각했는데, 남이 보기엔 삐진 여고생도 못 되었나 보다. 나는 주뼛거리다가 아줌마가 가리킨 의자에 앉았다.

"밥 안 먹었지? 조금만 기다려. 이것만 씻고 얼른 줄게."

'나는 밥을 얻어먹으러 온 게 아니라 아빠랑 한 판 뜨러 온 건데요', '애들은 정화조 방으로 내쫓고 잠이 오더냐고 들이받으러 온 건데요.' 야멸차게 따지고 싶었는데, 이상하게도 먹이를 기다리는 고양이처럼 아무런 말도 나오지 않았다.

아줌마는 압력밥솥의 김을 빼는 동시에 가스를 켜 팬에 무언가를 볶았다. 잘 익은 흰밥 냄새와 매콤한 볶음 향에 눈치 없는 침이 고였다.

"밥 좀 먹으러 오라니까 왜 이렇게 안 왔어? 동생은 자주 와서 먹는데."

이 자식은 진작에 다 알고 있었구나.

"동생한테 반찬 좀 가져가래도, 누나가 화낸다고 안 가져가더라고."

아주머니는 가스레인지 앞에서 네가 뭐라든 상관없다는 투로 말했다. 집에 가서 동생 놈을 조져야겠다고 생각했다.

아줌마가 내 앞에 흰밥과 접시를 내려놓았다. 호박과 양파가 큼지막하게 들어간 오징어볶음이었다.

"내가 제일 잘하는 거야. 먹어봐."

아줌마는 나를 어제도 보고 그제도 봤다는 듯이 말했다. 가까이 보니 사나운 줄 알았던 얼굴도 순해 보였다. 오징어볶음은 여태 먹어본 음식 중에 최고로 맛있었다.

"우리 아빠 어디가 좋아요?"

매콤한 맛에 정신이 나갔는지, 살가운 질문이 불쑥 튀어나왔다. 아줌마는 뭘 그런 걸 묻냐는 듯 얼굴을 붉혔다.

"점잖고 성실하지, 아는 것도 많잖아. 나도 잘 도와주고."

이 가게가 아닌가? 우리 아빠를 말하는 게 아닌 것 같았다. 엄마는 아빠를 벽창호, 독불장군이라 말했었다. 그때 문이 열리고 아빠가 나타났다. 양손에 장바구니를 든 낯선 모습이었다. 나를 보고 놀란 아빠는 "왔니?" 한마디 던지고는, 주방으로 숨어들었다. 칸막이 너머 주방에서 도란도란 말소리가 들려왔다.

"고등어 씻으면 되지?"

"당신 옷에 비린내 배면 안 되니까 내가 할게요."

아빠가 묻자, 아줌마가 답했다.

"아니야, 물 차니까 내가 할게."

이토록 다정한 아빠의 목소리라니. 울컥 뭔가가 치밀어 올라왔다. 눈물이 날 것 같았다. 아빠가 바라던 결혼 생활은 이런 것이었을까. 고작 생선을 씻어주고 비린내를 걱정하는 일.

알고 보면 아내가 남편을 존중하고, 남편이 아내를 위해주는 일. 그 평범한 일이 어려워서 우리는 이렇게나 많이 울었던 걸까.

생선 씻는 물소리, 아줌마가 간을 보라며 '아' 해보라는 소리, 그리고 "맛있네"라는 아빠의 웃음 섞인 대답이 들렸다. 나는 깨끗하게 비운 접시 위에 숟가락을 내려놓고 식당을 나왔다. 아빠로는 오래 미워했지만, 인간으로서는 조금 용서하기로 했다.

난 차라리 웃고 있는 삐에로가 좋아

10회 아시안 게임이 있던 해, 사람들은 임춘애 선수에 환호했고 나는 가수 김완선에 열광했다. 아름다운 외모와 신비로운 목소리에 매혹돼 텔레비전을 뚫고 들어갈 듯이 봤다. 〈쇼 토요 특급〉과 〈젊음의 행진〉이 나의 경전이자 오아시스였다. 어느 진행자의 '김완선은 섹시 가수다'라는 말에 속상해하기도 했다. 지금에야 칭찬이지만, '섹시'가 매력적이라는 뜻보다 선정적이라는 뉘앙스가 강하던 때였다. 소녀들의 관심은 이지연과 강수지, 하수빈으로 옮겨갔지만 나는 올곧이 김완선만 좋아했다. 무대에선 열정적이지만 수줍고 말 없는 그녀가, 예쁜 척하거나 귀여워 보이려고 하지 않는 그녀가 좋았다. 용돈을 모아 김완선이 나온 잡지를 사는 게 낙이었다. 1992년에 김완선의 은퇴 방송을 울며 봤다. 제 아비가 죽어도 저렇게 울지는 않을 거라고, 나사 빠진 년이라고 아빠가 욕을 하고 나갔다.

"너 김완선 좋아한다고 하지 않았냐?"

고등학교 1학년 어느 날에 반 친구가 광고지를 내밀었다. 새로 생긴 백화점 행사에 김완선이 온다는 전단이었다. 텔레비전에서 다시 그를 볼 수 있는 것만 해도 기쁜데, 우리 동네에 온다고 하니 달라이 라마를 기다리는 티베트인이 된 심정이었다.

"그런데 오늘 3시다. 하필 미친 물리 시간이야."

친구가 덧붙였다. 내가 울상 짓자 반 아이들이 몰려들었다.

"뭘 고민해, 째야지."

"집의 개가 가출했다고 하면 어때?"

"병원에 간다고 하자. 내가 아픈 것처럼 보이게 해줄게."

빨강 칠을 한 종이를 이마와 볼에 문지르면 열이 나는 것처럼 보인다고 했다. 나는 어떻게든 학교를 빠져나가는 쪽으로 마음을 정했다.

"플래카드 만들어야지."

농구선수를 응원하러 경기장에 다니는 친구가 말했다.

"그게 뭔데?"

"현수막 말이야. 빈손으로 갈 거야?"

나와 몇몇이 외출증을 끊어 학교 앞의 문구점에 갔다. 하드보드지와 색 도화지를 샀다. 나는 혼자 가서 조용히 보고 올 생각이었는데 일이 커졌다. 응원 문구는 너무 길지도 짧지도 않게 '완선사랑'으로 정해졌다. 실기 과제였던 한복 저고리도 바느질 동냥할 정도로 손재주 없는 나는 제쳐두고, 반 아이들이 번개처럼 모여서 플래카드를 만들었다. 검은 바탕에 핑크, 노랑, 초록, 빨강 글씨로 쓰인 '완선사랑'은 가보로 남기고 싶을 정도로 근사했다. 반 친구들이 모두 자기 일인 양 흐뭇하게 바라봤다. 그때 갑자기 반장이 소리쳤다.

"애가 혼자서 저걸 어떻게 들어?"

그 생각은 못 했다. 글자 하나가 2절 도화지 크기였다. 친한 친구가 자기가 가서 같이 들겠다고 했다. 어느 아이가 오늘부터 김완선 팬이라며, 자기도 따라 가겠다고 나섰다. 반장이 또 버럭 소리를 질렀다.

"그런데 담임이 셋이나 조퇴를 시켜줄까? 너희 모두 아프다고 할 거야?"

이것도 생각 못 했다.

"너희는 몰래 빠져 나가. 책걸상은 우리가 치울게."

결단력 있는 반장이었다. 일이 점점 커졌다. 몰래 도망친 걸 들키면 물리 선생한테 어떤 고초를 치를지 모른다. 나 때문에 친구를 희생시킬 수는 없었다. "혼자 다녀올게"라고 말했지만, 누구의 귀에도 들리지 않는 듯했다. 우리는 경비 아저씨가 한눈파는 틈을 타서 학교를 빠져나갔다.

부슬비가 내리는데도 백화점의 옥상 공연장은 붐볐다. 김완선의 등장에 나는 넋을 잃었고, 친구들이 목청이 찢어질 듯 "사랑해요, 김완선"을 외쳤다. 공연이 끝나고도 나는 눈물만 흘렸다. 오랫동안 좋아한 가수의 공연을 본 감동이 컸다. 그때, 친구가 내 팔을 급히 당겼다.

"빨리 따라와. 내가 매니저님한테 만나게 해달라고 부탁해 놨어."

얘가 이렇게 적극적인 면이 있었나. 일생일대의 기회를 놓칠세라 대기실로 달려갔다. 내 눈앞에 달라이 라마보다 더 귀한 사람이 있었다. 매니저가 김완선에게 말했다.

"이 학생들, 자기 보려고 학교도 빠지고 왔대."

"어머, 어떡해요. 나 때문에 선생님께 혼나면 어떡해."

작은 체구에 더 작은 얼굴, 하얀 피부와 큰 눈의 천사가 말했다. 나의 여신이 신비로운 목소리로 내 걱정을 했다. 앞으로 무슨 일이 닥쳐와도 두려울 거 같지 않았다.

우리가 환희를 느끼는 동안, 반 친구들은 옥고를 치르고 있었다. 평소 침 튀어가며 자기 할 말만 늘어놓는 물리 선생이 그날따라 해당 날짜의 학생을 불렀는데, 그게 하필 내 친구였다.
"사람이 없는데 왜 빈자리가 없지?"
미묘한 공기를 느낀 물리 선생이 출석을 불렀고, 세 명이나 없는 걸 알게 된 선생은 반장을 일으켜 세웠다.
"사람은 사라졌다 치고, 셋이 앉았던 책상은 어디로 갔어?"
반장이 우물쭈물 답을 피하자, 미친 물리는 시험을 봐서 틀린 개수만큼 손바닥을 치겠다고 엄포를 놓고 나갔다고 한다. 다음 날 우리 셋은 학교에 가자마자 교무실로 호출됐다. 물리 선생과 담임, 경비 아저씨를 속인 기만죄에 책걸상을 숨긴 괘씸죄까지 생겼다. 화장실에서 의자를 가져왔다. 자비로운 물리 선생이 선택권을 줘서, 무릎을 꿇는 대신 의자를 높이 들었다. 교무실을 오가는 선생들이 재밌다는 듯, "무슨 잘못을 했니?"라고 묻거나 괜히 꿀밤을 먹이고 지나갔다.
"어제 완선 언니 노래 진짜 잘하더라."
친구가 아직도 꿈결인 듯 작은 소리로 말했다.

"난 태어나서 그렇게 예쁜 사람은 처음 봐."

또 다른 친구가 말했다. 나는 내가 아는 아름다움을 같이 얘기할 사람이 생겨서 기뻤다. 친구가 나지막이 노래를 불렀다. 속삭임과 같은 목소리였다.

빨간 모자를 눌러쓴 난 항상 웃음 간직한 삐에로*

큭큭 웃던 다른 친구가 따라 부르기 시작했고, 나도 이어 불렀다. 난 차라리 웃고 있는 삐에로가 좋아. 신이 난 나머지 높이 든 의자를 흔들었다. 예예예예! 그때 교무실 문이 벌컥 열리고 물리 선생이 나와 소리쳤다.

"벌 받는 주제에 노래에 춤까지 춰? 5분 연장!"

망했다, 소리가 절로 나왔지만 괴롭지는 않았다. 친구랑 같이 있어서, 어제 완선 언니가 우리 걱정을 해주어서 괜찮았다.

2026년은 김완선의 데뷔 40주년이다. 나는 머리 빠지고 주름 자글자글한 중년이 되었는데, 김완선은 데뷔 때와 같은 얼굴과 빽빽한 머리숱으로 여전히 텔레비전에 나온다. 좋아하는 연예인과 같이 늙어간다는 건 로또 당첨 이상의 축복이다. 김완선은 예전보다 말이 늘고 편해 보인다. "선생님께 혼나

면 어떡해요"라고 말하던 김완선의 표정과 목소리가 어제 일
인 듯 또렷하다. 감격해 엉엉 울고 있는 나와 헤벌쭉 웃고 있
던 친구의 얼굴도 선명하다. 플래카드를 만든 친구들과 결단
력 있던 반장 생각도 난다. 모두 중년 여성이 되었을 텐데, 티
브이에서 김완선을 보면 혹시 나를 떠올릴까? "우리 반에 김완
선을 열렬히 좋아하던 애가 있었는데" 하면서.

물리 선생이 우리를 세워두고 말했다.
"너희가 연예인 따라다닐 군번이냐? 가수가 밥 먹여주냐 이
말이다."
그때는 목이 꺾이도록 고개를 숙이고만 있었는데, 지금은
말할 수 있다.

예, 선생님. 추억이 밥 먹여주더라고요. 아무리 생각해도 선
생님 이름은 기억이 안 나는데, 그때 친구들 표정은 생생해서
저를 행복하게 합니다. 우리는 사랑하고 싶은 나이였고, 사랑
할 수 있는 친구와 연예인이 있어서, 암흑 같은 시절을 지나올
수 있었어요. 선생님도 가수 김추자를 좋아했잖아요. 선생님
이 우리의 잠을 깨워준다며 부른, '거짓말이야 거짓말이야 거
짓말이야' 하는 노래는 듣기 힘들었어요. 음치셨죠. 우리가 야

유를 퍼붓자, '담배는 청자 노래는 추자'라는 썰렁한 농담을 덧붙인 거도 기억하시나요. 문득 그리워지네요. 잠이 쏟아지던 오후의 햇빛과 선생님 침이 튄다며 얼굴 찡그리던 맨 앞줄 친구, 이해하기 어려웠지만 열정적이던 선생님 수업과 그만큼 고요하던 교실도요. 나른한 오후입니다. 그때 듣던 노래를 다시 들어보려고 해요.

난 차라리 웃고 있는 삐에로가 좋아 예예예예
난 차라리 슬픔 아는 삐에로가 좋아 예예예예*

---

* 〈삐에로는 우릴 보고 웃지〉 김완선 (작사 : 이승호, 작곡 : 손무현)
1990년 7월 발매된 정규 5집에 수록되었다.

슬픈 도시락

수능 며칠 전부터 나는 잔뜩 우울했다. 상업 고등학교에 가라는 아빠 말에 반항하느라 일반고로 진학한 걸 후회하고 있었다. 기술 배워서 빨리 취업할걸, 돈 벌어 얼른 이 집에서 나갈걸. 친구들은 특강이다 족집게 과외다 해서 바쁜데, 나는 자습뿐이라 불안했다. 엄마의 보호와 지원을 받으며 학교에 다니는 친구들이 부러웠다. 삼기에 길릴세라 학교 앞에는 자가용이 늘어났고, 나는 허구한 날 라면이나 끓여 먹고 있는데 보약이니 기억력에 좋은 영양제니 하는 말들이 거슬렸다.

"우리 엄마가 새벽마다 기도하러 다녀. 부담스러워 죽겠어."

한 아이가 말하자 다른 친구가 되물었다.

"교회? 성당? 우리 엄마는 매일 해발 400미터 절에 올라가.
수능 망치면 목탁으로 맞아 죽을지도 몰라."

아이들이 웃음을 터뜨렸다.

엄마에게 전화했다. 다음 주에 수능인 건 아냐고, 친구들은
엄마에게 행운반지를 선물 받는데 나는 엿도 없다고. 불안한
마음과 스트레스를 엄마에게 풀었다. 엄마는 돈을 보내줄 테
니 반지를 사라고 했다.

수능시험 전날 도시락을 미리 싸두었다. 텔레비전을 보고
있는데 삐삐에 모르는 번호가 찍혔다. 전화했더니 웬 아주머
니가 받아서 엄마를 바꿔주었다. 엄마는 우리 동네의 여관에
있는데, 여기로 와서 저녁만 먹고 가라고 했다. 나는 도시락과
수험표, 컴퓨터 사인펜까지 챙겨서 뛰어나갔다. 동생이 "누나
어디 가?" 하고 소리쳤다. 녀석이 따라오는 게 싫어서, 친구네
서 자고 내일 온다고 말했다.

엄마가 있다는 여관으로 들어갔다. 주인아주머니가 유리
쪽문을 열고 303호로 가라고 알려주었다. 어두운 계단을 올
라가 쿰쿰한 냄새가 나는 복도를 걸었다. 두툼한 이불이 깔
려 있는 작고 침침한 방이었다. 엄마는 밖에 나가서 고기를 먹
자고 했지만 나는 방에서 짜장면을 먹고 싶다고 말했다. 엄마

랑 오붓이 있고 싶었다. 엄마는 주인아주머니에게 묻고 온다고 하더니, 시간이 늦어서 짜장면은 안 되고 야식집에 백반을 주문했다고 했다.

내가 여기서 자고 내일 곧바로 시험장에 간다고 했더니, 엄마가 놀랐다. 아빠한테 혼나는 거 아니냐고 걱정하길래 요새는 내가 더 세서 괜찮다고 했다. 동생과 둘만 지낸다는 말은 안 하는 게 나을 듯했다. 조용한 공기가 어색해 가방에서 문제집을 꺼냈다. 눈에 들어오진 않았지만 공부하는 척을 했다. 엄마가 나를 보는 걸 알아서, 고개도 안 들고 문제집을 풀었다. 친구 얘기가 생각나서 종교가 있냐고 물었다. 엄마가 불교 신자지만 급할 땐 하느님도 찾고, 절엔 자주 안 가지만 집에 목탁은 있다고 말했다.

엄마가 내 가방에서 도시락통을 꺼냈다. 뚜껑을 열더니 "이게 뭐야" 하고, 반쯤은 우는 듯 화난 목소리로 말했다. 참치를 넣어 볶은 김치와 콩자반이었다.

"너희 아빠는 애가 시험인데 고기도 안 해주니?"

머리가 아파지려고 했다.

"먹던 대로 먹어야지. 안 그러면 배탈 나."

때마침 백반이 배달 왔다. 된장찌개 뚝배기와 플라스틱 접시에 담긴 반찬이 일곱 가지나 됐다. 엄마는 "가만히 있어봐" 하더니, 내 반찬을 덜어내고 화장실에 가서 통을 씻어 왔다. 그리고 배달 온 음식에서 내가 좋아하는 계란말이와 진미채 무침, 감자볶음만 골라서 도시락에 예쁘게 담아주었다. 미역 줄기나 오이지무침은 안 좋아한다고 말해야 하나 했는데, 엄 마의 젓가락은 근처에도 안 갔다. 뜨거운 물을 담았던 국 통에 는 호박과 두부가 든 된장찌개가 담겼다. 푸석한 밥을 덜어내 고 윤기 흐르는 쌀밥을 담았다.

"그래도 엄마가 싸준 도시락으로 수능을 보네?"

내 말에 엄마가 슬프게 웃었다. 괜한 말을 했다고 생각했다.

우리는 남은 밥과 반찬을 싹싹 긁어 먹었다. 여관의 아픈 칫 솔로 이를 닦고 향이 진한 로션을 발랐다. 텔레비전이나 보다 자려고 했는데, 엄마가 그러면 안 된다고 해서 텔레비전도 끄 고 불도 껐다. 나는 엄마가 불면증이 심하다는 얘기를 들은 적 이 있어서 잠이 안 오면 텔레비전을 보라고 했다. 나는 소리가 나도 잘 잔다고 거짓말했다. 엄마가 요새는 머리만 닿으면 잠 이 든다고 말했다. 거짓말이었다. 엄마는 밤새 뒤척였고 잠귀 가 예민한 나는 그때마다 잠이 깼다. 엄마는 아침이 되어서야 까무룩 잠들었는지 내 인기척에도 눈을 뜨지 못했다. 나는 일찍 여관 밖으로 나왔다. 고사장 앞에 편의점이 있어서 따뜻한 베지밀 비를 마시고 들어갔다.

　점심시간이 되었다. 오래된 보온밥통의 찌개는 식어서 냉국이나 다름없었다. 윤기가 흐르던 쌀밥에선 묵은 냄새가 나고, 통통하던 계란말이는 푹 주저앉았다. 짠 된장찌개에 밥을 말았다. 그래도 엄마가 만들어준 도시락이니 다 먹어야지, 하며 딱딱한 진미채를 삼키는데 갑자기 눈물이 솟았다.

　'내게 주어진 행복이나 따뜻함은 이 정도뿐이구나. 남들이 흔하게 가진 것 하나도, 내게는 손에 쥐기 어려운 일이구나.'

　시험 망쳐서 우나 봐, 라는 오해를 받기 싫어서 눈물은 서둘러 닦고 밥은 싹싹 긁어 먹었다.

　어제저녁에 급히 나가느라 반지 끼는 걸 잊어버렸다. 행운 반지가 없어서 시험을 못 쳤다고 너스레 떨려고 했는데, 내게 시험 잘 봤냐고 묻는 사람이 아무도 없었다.

너희는 바보구나

아빠는 내게 철도대학에 진학해 도시철도공사 취업을 목표로 삼으라고 말했다. 도시에서 그보다 안정적인 직업은 없다고 했다. 나는 관심이나 재능도 없는 일 대신, 외국 문학을 배우는 지방의 한 대학으로 가고 싶다고 말했다. "내가 아는 작부는 전부 그 대학 출신이야." 아빠의 말에 나는 질려버렸다. 사실은 우리 둘 다 알고 있었다. 술집 여자 어쩌고 하는 건 괜히 엄마를 욕하는 것이고, 그 대학은 엄마가 살고 있는 고장과 가까워 내가 엄마에게 가려고 한다는 것을 말이다. 아빠가 삼류 대학은 안 된다며, 오랜만에 들른 집을 야반도주한 계주네 대문 차듯 팽 차고 나가버렸다. 엄마에게 말했더니 "아빠라는 사람이 어째 그러니" 하며 분통을 터뜨렸다. 등록금은 엄마가 마련해주었다.

대학 새내기는 설레었다. 교복 대신 입은 청바지와 눈에 띌까 옅게 바른 립스틱이, 음악 가득한 호프집의 소란이 자유로 느껴졌다. 교정을 꽉 채운 나뭇가지의 벚꽃잎이 꼭 스무 살 우리 같았다. 대학 생활의 꽃이라는 동아리에 들기로 했다. 에너지 넘치는 응원단에 들고 싶었다. 문 앞을 서성이는데, 무용과 학생들이 우르르 들어가는 걸 보고 기가 죽어 돌아섰다. 여행 동아리방 앞을 기웃거렸다. 소문대로 멋있고 예쁜 사람이 많았다. 내가 있어야 할 곳이 아닌 듯했다. 학생회관을 하릴없이 걷다가 지하 2층 복도 끝에 다다랐다. 고요하고 서늘했다. 불빛이 새어 나오는 열린 문에서 똑, 딱 하는 익숙한 소리가 들렸다. 장딴지만 한 나무 명패엔 '기우회'라는 글씨가 궁서체로 쓰여 있었다. 할아버지가 내게 검은 돌 흰 돌로 집 짓는 법을 가르치고, 아빠가 손만 움식이는 경기를 보던, 비둑을 두는 동아리였다.

이틀 굶은 사람이 잔칫집 전 부치는 냄새에 홀린 듯, 안으로 걸어 들어갔다. 소파에 앉아 바둑을 두던 서너 명의 사람이 귀신이라도 본 듯 허공에 손을 멈추고 나를 봤다. 길을 잃었나? 배달 온 건가? 하는 표정이었다.

"동아리에 들려고요."

내가 외상값 받으러 온 초짜 배달원처럼 수줍게 말하자 제일 안쪽에 있던 학생 아니 선배, 어쩌면 교수일지 모르는 사람이 일어서며 말했다.

"어서 와요. 드디어 우리 동아리에도 여성 신입생이 들어왔군요. 환영합니다."

단발머리를 한 선배는 개량 한복 차림이었다. 나이가 들어 보이는 것은, 삼수로 입학한 데다 몇 년째 졸업을 못 해서라고, 나중에 알게 되었다. 나는 유일한 여성 신입생이었다. 집에 바둑판과 기보가 있다는 말에, 동아리 사람들은 신동이라도 나타난 듯 나를 극진히 대접했다(바둑의 비읍을 몰라도 여성 회원은 무조건 환영한다는 걸 후에 알았다). 서로가 앞다투어 내게 바둑을 가르치고 싶어 했다. 한복 선배는 내게 호구, 미생, 자충수 등 기초 용어를 가르쳐주고, 가슴에 새기면 인생에 도움이 될 거라는 바둑 격언도 알려주었다.

'세 수 앞을 내다보면 지지 않는다.'

어느 날 동아리방 가는 길에 같은 학과인 은영이를 만났다.

은영은 은은한 달항아리 같은 미인이었다.

"우리 동아리에 갈래? 선배들이 되게 잘해줘."

빈말로 물었다. 인기 많은 은영이가 여태 동아리에 안 들었을 리도 없고, 할아버지 놀이터 같은 기우회를 좋아할 리도 없었다.

"좋아. 나 아직 동아리가 없거든."

아차 싶었다. 그리고 예감은 들어맞았다. 나침반 바늘이 제자리를 찾아가듯 모든 관심은 은영에게로 돌아갔다. 나는 여름이 끝난 해수욕장의 튜브 같은 신세가 되었다.

코앞의 일도 생각지 못하는데, 세 수 앞까지 헤아려야 하는 바둑은 어려웠다. 나의 동아리 활동은 바둑 대신 장기나 오목을 두는 일로 그럭저럭 흘러갔다. 늦겨울의 버즘나무처럼 메마른 나와 달리, 은영은 5월의 꽃나무처럼 눈부시게 피는 듯 보였다. 은영이는 립스틱을 바르고, 가끔 치마를 입고, 주말을 쏟아부어도 못 할 과제가 생겨도 웃었다. 필시 열애 중이란 증거였다. 어느 날 동아리방에 은영이 혼자 있었다. 나와 동기는 은영을 가운데 놓고 앉아 추궁했다.

"연애 상대가 누구야? 우리한테만 말해. 비밀은 지킬게."

은영은 대답 대신 배시시 웃었다.

“우리가 아는 사람이야? 학과 사람?”

동기가 내 옆구리를 쳤다.

“얘가 눈치 없기는. 학과 사람이면 은영이가 여기에 앉아 있겠니?”

예리한 지적이었다. 우리는 동아리 남성의 이름을 하나씩 댔다.

“김 선배? 박 오빠? 아니면 최군?”

은영이는 고개를 저었다.

“경영학과 강? 스포츠학과 김?”

외모가 준수한 사람의 이름을 다 불렀는데도, 은영은 아니라고 했다.

“설마 한복 선배는 아니지?”

은영은 웃으며 아니라고 했다. 나는 아예 동아리 가입 명부를 가져와 차례대로 읊기 시작했다. 휴학 중이거나 군에 간 사람 이름은 뺐다. 이름이 다 끝났다. “대체 누구야?” 은영의 표정은 타버린 항아리처럼 잿빛으로 변해 있었다.

“너희 승찬 오빠 이름은 왜 안 불러? 왜 빼?”

은영의 눈에서 눈물이 뚝뚝 떨어졌다. 당황했다. 나는 승찬 선배와 친하고 명부에서 이름을 보기도 했지만, 은영이 만나는 사람이 승찬 선배일 리 없다고 생각했다. 언젠가 카키색 재킷을 입고 온 승찬 선배에게 한복 선배가 웃으며 물었다.

"너 꼭 상이군인 같다. 육이오냐 베트남 전쟁이냐."

"2차 세계 대전입니다."

승찬 선배도 농담으로 웃어넘겼다. 승찬 선배는 왼 다리를 절뚝이며 걸었다. 어릴 적 소아마비로 온 장애라고 했다. 나는 밑바닥을 들킨 것만 같아서 바둑알 통으로 숨고 싶었다. 승찬 선배를 좋은 사람이라고 여기면서도, 속으로는 다르다고 생각하고 있었다. 은영이 눈물을 닦으며 말했다.

"너희는 바보구나."

이후 은영은 달라졌다. 승찬 선배와 나란히 캠퍼스를 누비고 동아리방에서도 곁에 앉았다. 어느 날, 수업을 마치고 나갔더니 강의실 앞에 승찬 선배가 꽃다발을 들고 서 있었다. 내가 "선배!" 하고 아는 척을 하자 여학생들이 잘생긴 승찬 선배의 얼굴을 흘깃거렸다.

"이 꽃은 뭐예요? 은영이 주려고요?"

선배는 빙긋 웃으며 "응, 기념일"이라고 답했다. 잠시 후 은영이가 나왔다. 선배가 꽃다발을 건네자, 은영의 뺨이 작약처럼 붉게 물들었다. 동기들은 부러운 눈길로 둘을 바라보았다. 은영이 승찬 선배의 팔짱을 끼고 걷기 시작하자, 여학생들의 표정이 바뀌었다. '은영이가 아깝다'라는 숙덕거림도 들렸다.

우리가 고만고만한 연애를 반복하고 술을 마시며 시간을 낭비하는 동안, 은영과 승찬 선배는 돛에 거는 밧줄만큼 단단한 만남을 이어갔다. 승찬 선배는 어렵다는 은행에 단번에 취업하고 은영도 임용고시를 준비했다. 둘은 결혼한 뒤 누구보다 빨리 자리를 잡아 동아리 사람들의 부러움을 샀다. 나중에 어느 선배의 결혼식에 왔다는 은영과 승찬 선배의 소식을 들었다.

"은영 누나는 백자, 승찬 선배는 청자 같았어요."

도예과를 나온 후배가 전했다. 은영은 승찬 선배의 진실함과 성실함을 어떻게 알아봤을까. 눈앞의 작은 장애는 아무것도 아니라는 걸 어떻게 알았을까.

한복 선배가 가슴에 새기면 인생에 도움이 될 거라는 격언을 들려준 적이 있었다.

'세 수 앞을 생각하면 지지 않는다.'

나는 아흔아홉 가지 장점에 눈 가리고 한 가지 단점에 형광펜을 칠하는 바보, 아침 꽃을 새벽에 따버리는 멍청이었다. 세 수 앞은커녕, 한 발 앞도 헤아리지 못했다. 나는 당장 소독

약의 쓰라림과 봉합이 무서워 찢어진 상처를 벌어지게 놔두는 어리석음을 택했다. 갈등이 두려워 묻지 못했고, 마찰이 무서워 입을 다물었다. 상처는 점점 벌어져 고름에서 썩은 냄새가 났다. 내가 또 한 치 앞도 못 보는 멍청한 짓을 저질렀다고 느낄 때마다, 은영의 말이 떠오르곤 한다.

"너희는 바보구나."

태양과 모자

매년 5월 셋째 월요일은 어른 된 자부심을 격려하고 축하하는 성년의 날이다. 눈 내리는 어느 겨울날에 내 아이가 태어났다. 제힘으로 할 줄 아는 건 아무것도 없는 작은 존재였는데, 어느덧 스무 살이 되었다. 아르바이트를 마치고 온 아이에게 장미 한 송이를 내밀었다. 성년 됨을 축하한다고, 몸도 마음도 건강히 자라주어 고맙다고 말했다. 아이는 제 발로 처음 일어선 때처럼 방그레 웃었다.

내가 대학생이 되어 처음 일한 곳은 '태양과 모자'라는 카페였다. "1234번 호출하신 분" 하고 부르면, "여기요" 하고 손을 드는 삐삐 시대의 카페였다. 사장은 배우 한석규를 닮은 젊은 남자였는데, 와이셔츠와 양복바지 차림에 야구 모자를 쓰고 다녔다. 지하 카페라 햇빛이 들지 않는데도 늘 모자를 써서, 머리가 벗겨졌을 거라고 짐작했다. 사장은 딱히 내게 시키는 일도 없고 정작 본인도 시간만 채우다 가는, 누가 떠넘긴 커피 가게를 지키러 나온 공무원 같았다. 카페 메뉴는 몇 가지가 전부였다. 플라스크 모양의 유리 주전자에 내린 원두커피를 잔에 따르면 그만이었다. 사이다에 체리 가루를 넣으면 체리에이드, 뜨거운 물에 레몬 가루를 섞으면 레몬차가 되었다. 사장은 내가 출근하면 읽고 있던 책을 겨드랑이에 끼고 파랑새처럼 훌훌 퇴근했다. 무슨 책을 읽고 있나 궁금했지만 종이로 감싸놓아 알 수 없었다.

동네에 있던 카페는 내 친구들의 아지트가 됐다. 우리는 마지막 손님이 나가면 간판 불을 끄고 문을 잠갔다. 조명을 어둡게 하고 음악은 크게 틀었다. 버드와이저를 한 병씩 손에 들고, 고개를 까딱까딱 흔들며 어깨를 기웃기웃하는 춤을 췄다. 록카페 춤이라고 했다. 뜬금없는 춤을 추는 친구들이 의아하면서도 강남의 문화는 이런가 보다, 하고 나도 같이 리듬에 몸을 맡겼다.

어느 날 퇴근한 줄 알았던 사장이 다시 문을 열고 들어왔다. 나는 가게 전화로 친구에게 수다를 떨려던 참이라 깜짝 놀라, 수화기를 던지듯 내려놓았다. 뜻밖에도 사장은 내게 붉은 장미 한 송이를 내밀었다.

"밖에 나갔더니 다들 장미를 들고 다니더라고. 꽃집에 물어보니 성년의 날이라더라. 너도 스무 살이잖아. 축하한다."

"태어나서 꽃 선물 처음 받아봐요."

흰 눈을 처음 만져본 몬순 기후의 사람처럼 감격했다. 스무 살이 된 기쁨이나 성년이 된 자부심을 생각해본 적은 없지만, 나도 사장처럼 다른 사람을 행복하게 하는 어른이 되고 싶다고 다짐했다. 거기까지면 딱 좋았을걸, 사장은 쓸데없는 말을 덧붙였다.

"너도 참 딱하다. 좋은 날에 이러고 있고."

사장은 '지하에서 이러고 있다'라며 자기를 비웃는 말버릇이 있었다.

"사장님도 얼른 애인을 만들어요. 다정하고 세심해서 사랑받는 남자친구가 될 거예요."

사장은 "지하에서 이러고 있는데 여자친구는 무슨", "바깥은 나와 안 어울려"라고 말하며 나를 기운 빠지게 했다. 지하에서 장사하는 엄마 생각도 나고, 너의 미래도 나와 다르지 않다는 말로 들려 울적해졌다. 맥 빠진 내 얼굴을 보고 장미꽃이 힘내라는 듯 향기를 뿜었다.

내가 친구들과 버드와이저를 열심히 마셨는데도 가게는 폐업하게 됐다. 내가 전화를 많이 썼나, 체리 가루를 너무 퍼먹었나 싶어서 미안한 마음이 들었다. 마지막 영업일에 사장은 좀 달라 보였다. 구식 와이셔츠 대신, 영문이 쓰인 티셔츠와 통이 큰 바지를 입었다. 그제야 쓰고 다니던 모자와도 어울렸다. 어차피 손님도 없어서 일찍 문을 닫고 사장과 마주 앉았다. 안주로 팔았던 오징어를 굽고 버드와이저를 꺼내 왔다.

"사장님, 예전부터 궁금했는데요. 태양과 모자를 좋아해서 카페 이름으로 지은 거예요? 그래서 모자도 매일 쓰고 다니고요?"

사장은 어이가 없다는 듯 피식 웃다가, 이런 얘기를 어린애한테 해도 되나 싶은 표정으로 맥주를 들이켰다.

"태양을 피하고 싶어서, 태양 빛이 너무 세서 모자를 쓴디."

"선글라스를 끼면 되잖아요."

"야 인마, 지하에서 선글라스를 쓰면 앞이 보이냐?"

사장은 답답하다는 듯 말했다. "탈모죠? 괜찮아요, 머리가 좀 없으면 어때요"라는 내 말에 모자를 들어 올렸다. 머리칼이 수북했다.

　사장의 말이 머릿속을 맴돌았다. 나도 모자를 쓰면 태양을 피할 수 있을까.

　"저도 피하고 싶은 게 있어요. 하지만 중력처럼 거스를 수 없는 존재죠. 태양에 붙잡힌 궤도를 돌다 결국 전부 타버릴지도 몰라요."

　사장은 내 혀 꼬부라진 소리에 골치 아픈 얘기를 들었다는 듯 심란한 표정이 됐다. 어른으로서 해줄 말을 고민하는 듯해, 괜한 말을 했나 후회했다. 나는 버드와이저를 한 병 더 꺼내다 마셨고, 음악에 어깨를 실룩이다가 아는 부분이 나오면 따라 불렀다. '런던 나이트' 같은 훅 부분이었다.

　"넌 이제 성인이잖아."

　침묵을 깨고 사장이 입을 뗐다.

　"태양이 네 눈을 가리면 뒤로 돌아라. 중력이 널 붙잡으면 가벼운 달로 향하면 돼. 모자로 피하고 선글라스로 가리는 대신, 뒤돌아서 네 길을 가면 되는 거야. 내 인생이 내 거라는 걸, 나는 너무 늦게 알아버렸다."

　사장은 가게를 정리하고 미국으로 갈 거라고 했다. 하고 싶은 일과 만나고 싶은 사람이 모두 그곳에 있다고 덧붙였다.

아, 그래서 영어 공부를? 사장이 목사의 성경처럼 옆구리에 끼고 다니던 것은 영어 회화책이었다. 어느 날 사장이 두고 간 책을 살며시 열어보았다. 달력 종이로 감싼 모서리의 손때가 간절해 보였다.

"미국에서 뭘 할 건데요? 거기에 누가 있어요?"

내가 물었다.

"마이애미 비치에서 수영하고, 야자수 아래를 뛰어다닐 거다."

"누구랑요?"

"그건 노코멘트."

사장이 내게 먼저 가보라고 했다. 남아서 정리할 게 많다고 했다. "그동안 감사했습니다." 꾸벅 인사하고 돌아서는데, 사장이 덧붙였다.

"어디 가서 춤은 추지 마라. 깡통 로봇인 줄 알았다."

나는 꺅 하고 소리를 질렀다. 불법 영업에 대해 사죄해야 할지, 왜 훔쳐봤냐고 따져야 할지 헷갈렸다.

"책 찾으러 온 날, 문까지 잠그고 춤추고 있더라. 버드와이저 매출은 고마웠다."

나는 부끄러움 때문인지 술기운 탓인지 얼굴이 벌게진 채 가게를 빠져나왔다.

매해 성년의 날이면, 내가 받았던 한 송이 장미와 태양을 피하고 싶다던 사장의 말이 떠오른다. 그땐 태양이 단순히 햇빛인 줄만 알았다. 벗어나고 싶어도 도망칠 수 없는 것. 피할 수 없어 작은 모자로 제 눈을 가린 그의 태양은 무엇이었을까. 관습이나 편견, 아니면 나처럼 부모였을까. 뒤늦게 모자를 벗은 사장은 야자수 아래를 뛰고 있을까. 정작 수영은 못 한다고 했는데, 빨간 수영복을 입은 SOS 해상 구조대에 끌려 나오지는 않았을까 궁금해진다.

사실 그 카페의 이름은 '썬 앤 캡'이었다.

너의 자리로

한 번의 봄꽃 환희와 낙엽 세레나데가 끝난 대학에는 군대와 등록금, 연애와 따귀, 교수 간의 미묘한 신경전이 있었다. 1학년을 마치고 휴학했다. 돈이 필요해서였지만 멈추고 싶었다. 대학 밖에는 무엇이 있는지 궁금했다.

오전 10시부터 열두 시간 동안 옷 가게에서 일했다. 시장은 매장을 여러 개 운영했는데, 우리 가게에는 매니저라 불리는 직원과 내가 일했다. 의류가 들어오면 수량을 확인하고 매대에 진열했다. 스팀다리미로 주름을 펴서 옷걸이에 걸고, 진열에서 빠지는 물건은 창고에 넣었다. 새 옷을 만지는 일은 재미

있었다. 손님이 헤쳐놓고 간 티셔츠를 다시 각 잡아 접는 반복
도 싫지 않았다. 손님이 내가 권한 옷을 사면 뿌듯했고, 옷을
잔뜩 입어보고 그냥 돌아가면 오히려 미안했다. 손님이 우리
옷을 입고 거울에 비친 자신의 모습을 보며 웃을 때, 내가 디자
이너라도 된 듯 뿌듯했다. 쇼핑백에 담긴 옷이 내 마음 같았다.
친절하다는 말도 듣고 내가 있을 때 옷을 사겠다는 단골도 생
겼다. 매니저가 나를 시기해 며칠씩 묵은 옷 정리를 시킨 적도
있지만, 미움은 오래가지 않았다. 넓은 매장에서 혼자 일하면
누구라도 힘들 테니까. 매니저가 쇼윈도 마네킹의 옷을 마음
대로 입혀도 된다고 말했을 때, 승진이라도 한 것처럼 기뻤다.

여러 브랜드와 보세 가게가 죽 늘어선 의류 거리였다. 사
장들은 경쟁보다는 끈끈한 유대가 있었다. 어떻게 아는 건지
지금도 모르겠지만, 마감 때마다 이웃 가게 사장이 와서 "오
늘 대박 났지?" 혹은 "오늘은 우리도 꽝 쳤어"라고 말하곤 했
다. 장사는 안 하고 우리 가게만 쳐다보고 있나 싶었다. 사장
들은 두어 달에 한 번씩 친목회를 했다. 뒷골목의 삼겹살집에
모여 나라 얘기, 물가 얘기, 결국은 먹고 사는 얘기를 나눴다.
경기가 점점 나빠지는데, 의류업을 계속하는 게 맞나 하는 고
민이었다. 내 눈에는 번듯한 가게가 있는 성공한 어른인데도

돈 버는 걱정을 했다. 그러다가 눈을 껌벅이고 있는 내 얘기도 했다. 옷 장사가 천직이다, 사장이 보너스는 주냐, 거기 그만두면 우리 가게로 와라, 하는 칭찬 일색이었다. 우리 사장은 내가 사람 보는 눈이 있지, 하면서도 월급 올려준단 소리는 안 했다.

저녁에 들러 수금만 해가는 사장이 갑자기 낮에 왔다. 내게 할 말이 있다고 했다. 사장이 나만 데리고 나가서 점심을 먹고 온다고 말하자, 매니저의 표정이 굳었다. 근처의 갈비탕 집에 갔다. 사장은 곧 가게를 하나 더 낼 예정인데 내가 맡아줬으면 한다고 말했다. 직원이 되면 봉급도 오르고 차비와 상여금도 나온다고 했다.

"저는 3월에 복학해야 하는데요."

"알지. 딸 같아서 하는 말이야. 형편이 안 좋다며. 몇천만 원 들여 대학 나오는 게 맞는지, 아니면 빨리 돈 벌어 자리 잡는 게 맞는지, 천천히 고민해봐."

고마운 제안이었다. 지방 대학 인문학과를 나와서 취업이나 할 수 있을까, 꿈도 없고 잘하는 거도 없는데 큰돈을 들여 학교에 다니는 게 맞나 하는 고민이 있었다. 나는 생각해보겠다고 답했다. 가게로 돌아오자 매니저가 무슨 얘기를 했냐고 물었다. 나는 솔직하게 말했다. 사장이 가게를 하나 맡아 달라는데 고민이 된다고.

"학교엔 안 가?"

"시시한 지방 대학인 걸요."

"그래도 대학생이잖아. 난 네가 부럽다."

작은 새가 날아와 손등을 콕 쪼기라도 한 듯, 깜짝 놀랐다.

연애를 시작했는데 첫사랑이 돌아온 사람처럼 매일 고민했다. 흔치 않은 기회라고 생각했다. 돈을 벌어야 할까, 다시 공부하는 게 맞나. 매니저는 이러든 저러든 내가 떠날 때가 되었다고 생각했는지 친절하게 대해주었다.

"매니저님이라면 어떻게 하겠어요?"

내 질문에 그는 "진짜 모르겠어"라고 고개를 젓더니, 여러 생각이 드는 듯 한마디를 덧붙였다.

"선택지가 있다니 참 행복한 사람이네. 나는 한 번도 그래본 적이 없어서."

갈팡질팡하는 동안에도 나는 아무런 결정을 내리지 못하고 있었다. 이웃 가게 사람들과 늦은 저녁을 먹었다. 편한 어른들 사이에서 마음 놓고 술을 마셨더니, 몸을 못 가눌 지경이 됐다. 친한 옆 가게 사장이 나를 데려다주겠다고 나섰다. 아저씨는 나를 놀이터 의자에 앉혀놓고 슈퍼로 달려가 사이다랑 껌을 사 왔다.

"우리 딸이 너처럼 술 냄새 풍기며 들어오면, 난 삭발시킬 거다."

중학생 딸이 둘 있다는 아저씨는 다정했다. 사이다를 마시고 껌을 씹었더니 술이 올라와 토할 것 같았다.

"네가 우리 딸 같아서 하는 말인데…"

친부모는 나를 생각하지 않는데 나를 딸로 생각하는 사람은 왜 이렇게 많은지, 웃음이 나왔다.

"네 자리로 돌아가라. 나도 너를 계속 보면 좋지. 그런데 여기는 네가 있을 곳이 아니야."

"내 자리가 어딘데요? 내가 뭘 해야 하는데요?"

혀에 마취약이라도 바른 사람처럼 물었다.

"너는 아직 어리잖아. 벌써 주저앉을 필요는 없어."

"저는 잘하는 게 없어요. 도와주는 사람도 없고요."

"도와주긴 누가 도와줘. 혼자 헤보는 거지. 네 나이면 열 번은 넘어져도 괜찮다."

그런가요? 정말 그런가요? 스무 번쯤 물었던 거 같다. 처음에는 따뜻하게 "그래, 그래"라고 답하던 아저씨가 나중에는 "얘 술 먹으니까 진상이네"라고 말했다.

나는 복학하기로 했다. 사장은 생각이 바뀌면 연락하라고 했다. 매니저는 시원섭섭한 표정으로 놀러 오라고 말했다. 옆 가게 아저씨는 할인해줄 테니 자기한테 와서 옷을 사라고 했다. 술은 적당히 마시고.

1년 동안 시간과 체력을 갈아 넣어 돈만 번 건 아니었다. 대학 밖에는 먹고사는 데 애쓰는 어른의 노력과 앞을 몰라 불안한 사회 초년생을 위한 배려가 있었다. 부족함만 느끼던 내 세상이 다른 누군가에겐 갖고 싶은 기회일 수 있다는 것도 알게 되었다.

나는 아직도 내 자리를 찾아 헤매고 있다. 한 걸음 나아갔다가 돌아보면 고작 반걸음이었고, 무엇을 잘못했을까 후회하다 고개를 들면 다시 제자리였다. 열 번쯤 실패해도 괜찮다고 했는데 용기 있게 도전하지 못해서일까.

햇빛에 먼지가 폴폴 날리던 오전의 옷 가게, 다리미에서 나는 스팀 냄새, 틈을 타 이 가게 저 가게를 옮겨가며 마시던 종이컵 커피가 가끔 떠오른다. 매니저는 꿈이라던 자신의 매장을 갖게 되었을까. 옆 가게 아저씨 딸들은 삭발 안 당하고 잘 컸으려나. 딱히 그리워하지도 않았는데, 그들을 떠올리면 왜 잘 익은 복숭아를 한입 깨문 듯 핑크빛으로 그려지는 걸까.

4부
사랑이 왜 그래

추억 같은 건, 엄마가 내게 해준
건 하나도 없다고 생각했는데,
작고 평범해서 아무것도 아니
라고 여겼던 일들이 엄마의 마
음이었음을, 엄마가 떠나고서
야 알아버렸다.

너는 누구니

엄마와 떨어져 산 지 10년이 훌쩍 지났다. 이제는 같이 살았던 날보다 함께 보내지 않은 시간이 더 길었지만, 나는 연어나 도요새처럼 늘 엄마 곁으로 돌아가고 싶었다. 거기에는 어린 시절 내가 누리지 못한 따뜻함과 평온함이 있을 듯했다. 금요일 수업을 마치고 엄마에게 가곤 했다. 안온한 주말을 보내고 나면 내가 좀 더 단단한 사람이 된 것 같았다.

"나 여기에서 살아도 돼?"

엄마는 상관없으니 마음대로 하라고 말했다. 나는 상상했다. 엄마와 마주 앉아 밥을 먹고 저녁이면 나란히 누워서 잠이 들겠지. 재미있는 영화가 개봉하면 심야 영화를 보러 갈 수도 있겠다. 내가 같이 지낸다면 엄마의 오랜 쓸쓸함도 옅어질 것이다. 조금 늦었지만, 나도 남들과 같은 추억을 가진 아이가 될 거라고 생각했다.

짐을 몇 가지 꾸려 엄마 집으로 갔다. 나는 안방에 가방을 풀려고 했는데, 엄마가 옷방을 쓰라고 했다. 나는 옷걸이가 죽 늘어선 방에 앉은뱅이 상을 펴고 책을 올려두었다. 밤에는 엄마의 침대에서가 아니라 요를 펴고 잤다. 방이 작아서 문을 열려면 요를 걷고 나가야 했다. 엄마는 장사하러 나갔다가 내가 잠든 후에야 들어왔다. 아침에 엄마가 끓여놓은 콩나물국에 밥을 말아 먹으면 조금 행복하고 또 약간 쓸쓸했다. 주말에는 주로 텔레비전을 봤다. 나는 한국 멜로 드라마를 좋아했는데, 엄마는 하늘을 날며 요괴와 싸우는 중국 무협극을 즐겨 봤다. 가요 프로그램을 똑같이 좋아해서 다행이었다. 내가 〈음악 캠프〉를 보고 있으면 엄마가 먹먹한 표정으로 묻곤 했다.

"요새 노래는 가사가 하나도 안 들려. 네 귀에는 들리니?"

엄마가 〈가요무대〉를 보며 애달픈 노래를 따라 부르면 슬픔이 가까이 왔다. 엄마는 사랑 노래도 이별 곡처럼 들리게 하는 재주가 있었다. 우울한 분위기를 바꾸려 명랑한 이야기를 꺼내보았지만, 말이 통하지 않는 외국인 둘이 수감된 방처럼 금세 고요해졌다. 멀뚱히 있다가 엄마는 빨래를 넌다는 이유로, 나는 과제가 있다는 핑계로 슬그머니 일어났다. 엄마와 딸이라는 이름만 있을 뿐, 시간을 같이 보내지 않은 사이는 남처럼 어색했다. 우리는 목적지가 다른 연어와 도요새 같았다.

엄마는 가게가 아니어도 바빴다. 오라는 사람도 만나자는 사람도 많았다. 엄마를 따라 읍내의 아파트와 촌락의 전원주택에, 저수지가 바라보이는 식당과 통기타 라이브를 하는 카페에 다녔다. 엄마와 친구들은 밥을 먹고 봉지 커피를 영양제처럼 마셨다. 뒷담화와 동네 소문, 엊그제 본 드라마 이야기를 하고 또 하며 시간을 보냈다. 어느 날 집으로 돌아오는 차 안에서 콧노래를 부르는 엄마를 보고 깨달았다.

'내게는 무의미해 보이는 대화가 서로의 안부를 확인하는 어른의 방식이구나. 별난 것도 없는 밥을 먹고 단 커피를 마신 덕에, 엄마가 배고프지 않고 기운이 달리지 않았구나.'

엄마를 찾는 전화벨이 이전만큼 밉지 않았다. 나는 점차 엄마의 외출에 동행하지 않았고 엄마도 점점 나를 신경 쓰지 않았다. 엄마는 친구네서 자고 온다거나 여행 간다는 이유로 집을 비우는 날이 길어졌다. 바람 소리 하나 없는 집에서 라면을 먹다가, 문득 내가 엄마의 애틋한 딸이 아니라 하숙생으로 와 있다는 생각이 들었다. 엄마의 '상관없다'라는 말뜻을 알 듯했다.

어느 날, 엄마의 친구라는 아저씨가 집에 왔다. 아저씨는 집이 익숙한 듯 소파에 재킷을 내려놓고 앉았다. 엄마는 먼 나라에서 고향 사람이라도 만난 것처럼 반가워했다. 내가 모르는 사람 얘기를 하고, 내가 가본 적 없는 장소를 말하며 웃었다. 아저씨가 통기타를 꺼내어 치면 마주 앉은 엄마가 손가락을 튕기며 노래했다. 아주 오래전에 엄마가 즐겨 부르던 노래였다. 엄마의 즐거워하는 모습이 낯설었다. 아저씨와 노래하는 엄마는 내 엄마라기보다 한 사람의 여자 같았다. 아저씨는 좋은 사람처럼 보였다. 클래식도 듣고 뉴스도 잘 알았다. 점잖으면서도 유머가 있었다. 엄마에게 청유형의 말투를 쓰며, 나를 불편해하거나 내가 나갔으면 하는 눈치도 주지 않았다. 출장 길 기차역 문고에서 샀다는『호밀밭의 파수꾼』을 내게 주었을 때, 흠모하던 문학 선생님이 생각났다. 나는 점점 아저씨가 마음에 들었다. 이런 사람이라면 엄마를 지하에서 꺼내줄 수도, 나의 파수꾼이 되어줄 수도 있겠다고 생각했다.

아저씨는 자주 드나들더니 어느 날은 밤늦게까지 돌아가지 않았다. 엄마가 나에게 이제 그만 가서 자라고 말했다. 혼인 신고도 안 한 두 사람이 자녀가 있는 집에서 같이 잔다고? 몹시 당황했지만 불쾌하다고 자리를 박차고 나갈 수도 없었다. 어쩌면 내가 눈치 없이 끼어든 불청객인지도 모르니까. 아저씨가 처음으로 내 눈을 피했다. 나는 옷방으로 들어갔다. 이어폰을 꽂고 이불을 머리끝까지 올려 덮었다. 우스갯소리를 많이 하는 라디오 디제이가, 그날따라 슬픈 음악만 틀었다.

다음 날, 일찍 눈이 떠졌다. 자는 엄마의 얼굴을 들여다보고 학교에 가곤 했는데, 안방 쪽으로 고개를 돌릴 수조차 없었다. 현관의 남자 구두가 내게 물었다.
'너는 누구니?'
여기에 괜히 왔다는 생각이 들었다.

사랑이 왜 그래

나는 언제나 사람은 착한 본성을 가지고 태어났다고 믿어왔다. 뉴스에 나오는 악인은 돌연변이일 뿐, 세상은 올바른 가치를 믿고 따르는 사람들로 이루어져 있다고 생각했다. 사람으로 살아가는 도리는 할머니에게서 어머니로, 어머니에게서 아이로 전해져, 착한 사람은 복을 받고 나쁜 짓을 한 사람은 벌을 받는다고 배웠다. 내가 읽은 이야기와 수없이 많이 본 드라마, 영화에서도 말했다. 진실한 마음과 사랑은 고결한 것이고, 거짓을 말하고 남과 자신을 속이는 일은 추악한 짓이라고. 나는 내가 악인이 되고 벌 받아 마땅한 돌연변이가 될 거라고는 꿈에도 생각한 적 없었다. 단 한 번도 없었다.

“지금 뭐라고 그랬어?”

내 귀를 의심했다. 다시 듣고 싶지도 않고 다시 들어도 믿기지 않을 말이었다. 엄마가 만나는 아저씨는 신사의 모습을 한 쓰레기였다. 내게 감명 깊었다던 책을 주고, 어쩌면 가족이 될지도 모른다고 기대했던 사람이 유부남이란다. 가정이 있는 남자란다. 채석장에 떨어지기라도 한 듯 귀 옆에서 다이너마이트가 터지고, 머릿속에선 집채만 한 바위가 굴렀다. 무슨 말을 해야 할지 어떤 생각을 해야 하는지도 떠오르지 않았다.

‘지금 나더러 그 말을 믿으라는 거야? 우리가 욕하던 드라마 속의 불륜녀가 지금 엄마라는 거야? 에이 엄마, 오늘 농담이 심하네.’

엄마는 말하는 법을 잊은 사람처럼 내 눈을 바라봤다. 내 손에 신사임당이며 나이팅게일 같은 책을 쥐여주며 좋은 사람이 되어야 한다고 말하던 엄마였다. 사극을 보며 가련한 사람에 눈물 흘리고 끓는 물에 담가지는 죄인을 보며 통쾌해하던 엄마가, 남의 눈에 눈물 나게 하는 사람은 피눈물 흘리게 된다고 입버릇처럼 말하던 엄마가 그럴 리 없었다. 엄마가 어떻게 이래.

“아저씨랑은 동호회에서 처음 만났어. 노래 연습도 하고 요양원에 무료 공연도 다니는 동호회. 정말 우연히 아저씨가 내 가게에 온 거야. 그래서 친해진 거야. 아저씨는 기타를 잘 치고 나는 노래를 잘하고. 너도 봤다시피 아저씨 되게 좋은 사람…”

“그만. 엄마 그만해.”

고해성사라도 하는 듯 떨리는 목소리를 듣고 싶지 않았다. 세상의 어떤 아름다운 말을 끌어와도 사목 받지 못할 변명이었다. 눈 앞을 가리는 얼룩이 내 울음인지 엄마의 눈물인지 분간되지 않았다.

“안 돼, 엄마. 이건 진짜 밑바닥이야. 어떻게 유부남을 만나. 나 시집은 어떻게 보내려고 가정 있는 남자를 만나.”

“아저씨가 나랑 살고 싶대. 이혼하고 나랑 산대.”

엄마가 울먹이며 말했다. 오토바이에 치였는데 곧바로 트럭에 깔린 것처럼 처참했다. 드라마에서 본 어리석고 철없어 보이는 불륜녀의 말을 직접 듣게 될 줄은 몰랐다. 그것도 늙고 말라빠진 내 엄마의 입에서. 문득 옛날 미용실에서, “아저씨가 내가 좋대. 너도 데려와서 같이 살면 좋겠대”라며 눈을 반짝이던 엄마의 얼굴이 떠올랐다. 1년도 못 돼 마음이 변한 사람은 떠났고, 남겨진 사람은 오래 앓았었다.

‘뭐 이렇게 사랑이 쉬워. 왜 이렇게 남자 말을 쉽게 믿어. 엄마는 대체 맨날 사랑이 왜 그래.’

엄마는 내 흐느낌이 들리지 않는 듯했다. 엄마의 눈은 무언가를 찾는 사람, 잃은 걸 되찾아야 한다는 강박에 쫓기는 사람 같았다.

나의 이상형은, 나 이외의 다른 모습이 되지 않으려 하는 ‘세라’와 절대적 선과 도덕적 기준으로 살고자 하는 ‘제인 에어’, 그리고 일생에 단 한 번 찾아온다는 사랑 대신 책임감을 선택한 ‘프란체스카’였다. 나는 이들처럼 아름답고, 정직하며 진실하게 살기를 꿈꿨다. 내 손으로 가시를 뿌려 밟게 될 줄은, 끓는 물에 스스로 발을 넣게 될 줄은 몰랐다. 또 한 번의 끔찍한 말을 듣기 전까지는 말이다.

“네가 아저씨 딸의 공부를 좀 봐줘.”

지방 대학에도 간신히 들어간 내가 누굴 가르치는 거도 우습고, 불륜녀 딸이 본처 아이를 만나는 상황도 엿 같았는데, 외부에서 보는 거도 아니고, 아저씨 집에 가서 아이를 만나라고 했다.

“집에는 아저씨의 부인이 있잖아.”

엄마는 아저씨가 형식적으로 가정을 유지하고 있을 뿐, 마음은 집에서 떠난 지 오래라고 했다.

"너는 아이 공부를 봐주러 가는 거니까, 아줌마에게 신경 쓸 필요가 없어."

"말이 되는 소리를 해. 아저씨가 그러래? 나더러 자기 집에 가래?"

엄마는 고개를 힘주어 끄덕였다. '내가 혼자서 이런 일을 어떻게 벌여. 다 아저씨 생각이지.' 위에서 시킨 일을 했을 뿐이라는 나치 부역자처럼, 면죄부를 손에 쥔 표정이었다.

"동생이랑 친해지면 우리가 가족이 됐을 때 편하지 않겠니."

알밴 개구리라도 밟은 것처럼 몸에서 기운이 쭉 빠져나갔다. 사람 좋아 보이는 얼굴로 허허 웃던 아저씨는 넥타이를 맨 미치광이였다. 미친 자의 칼 놀음에 춤을 추는 엄마도 제정신이 아닌 것 같았다. 내가 마치 끔찍한 영화 속에 들어와 있는 것 같았다.

"싫어, 난 죽어도 못 해. 어떻게 나한테 그런 걸 시켜."

엄마의 묵묵부답이 댐에 불어난 물처럼 완강히게 느껴졌다. 나는 울면서 못 한다고 빌었다.

"엄마, 제발. 다른 거 다 할게. 이건 정말 못 해. 내가 어떻게 그 집엘 가."

엄마 말이라면 순순히 따를 줄 알았던 내가 댕돌같이 거부

하자, 엄마는 당황했다.

"내가 언제 너한테 큰 부탁한 적 있니, 엄마를 위해서 그것도 못 해주니. 네가 잘해야 아저씨가 이혼하고 나랑 살 거 아니니."

엄마의 절박한 얼굴이 내 가슴을 찢어놓았다. 미워하고 그리워한 얼굴, 잊고 싶고 지키고 싶던 얼굴이 나에게 애걸하고 있었다. 나는 엄마의 고름 같은 눈물을 참을 수 없었다.

"그만 울어. 할게. 내가 갈게."

나는 엄마를 위해 나를 망가트리기로 했다.

비밀이란 없으니까

종이에는 지옥의 주소가 있었다. 죄 지은 자가 재판받으러 가는 길, 살인자가 걸어 들어가는 형장의 주소 같았다. 육교 밑을 내려다보고, 차도에 발끝을 내려보았다. 새삼 자동차가 육중하고, 가늠할 수 없을 정도로 빨리 달린다는 걸 알았다. 하느님은 견딜 수 있는 만큼의 고통을 준다는 종교적인 믿음과 무슨 일이 있어도 나 자신을 존중해야 한다는 제인 에어의 신념이 떠올랐다. 어떤 말이 거슬리면 난 그런 말을 듣지 않아야 할 사람, 어떤 행동이 거리끼면 나는 그런 일을 하지 않을 사람이라고 하던데. 나는 맨정신으로 죄를 지으러 가는, 나 자신을 존중하지 않는 사람이어서 감내해야 할 고통이 많은가 하고 슬퍼했다. 내가 온전한 어른이 될 수 있을까 두려웠다. 휴대폰을 보았다. 이제라도 돌아오라고 말한다면, 아무 일도 없었던 것처럼 엄마에게 달려갈 수 있을 텐데. 시간은 무심히 약속 시간을 당겨와 있었다.

집은 멀끔히 정돈된 아파트였다. 신발장 위에는 해바라기 조화와 나무로 만든 원앙 인형이 놓여 있었다. 좀 피곤해 보이는 아주머니는 평범한 여자였다. 아주머니의 눈빛이 꿰뚫는 듯해서 나를 볼 때마다 심장이 죄어왔다. 고개를 들 수도, 눈을 마주칠 수도 없었다. 영원히 내 얼굴을 모르면 좋겠다고 생각했다. 자신감 없는 태도가 마음에 안 들었는지, 아주머니는 애 아빠가 괜한 짓을 했다고 혼잣말하다가, 체념한 듯 나를 선생님이라 부르며 아이의 국어를 봐주면 좋겠다고 말했다. 과외비로 흰 봉투를 받았다. 부끄러운 돈, 내가 나를 저버린 돈이었다.

아저씨를 닮은 아이는 연예인에 관심이 많았다. 젝스키스를 좋아한다고 했다.
"언니는 누구를 좋아해요? 남자친구가 있어요?"
호기심 많은 아이가 물었지만, 나에 관해 아무것도 말하지 않았다. 나는 언젠가 아이에게 모든 게 거짓일 사람, 증오를 넘어 혐오하는 사람이 될 것이었다. 세상에 비밀이란 없으니 까.

"실은 제가요. 좋아하는 남자애가 생겼는데요."

내가 누구인지도 모르고 조잘대는 아이가 싫지 않았다. 나는 내 처지도 잊고 명랑한 아이가 좋았다. 조금이나마 도움이 되고 싶어서 수험생 때보다 더 공부했다. "언니가 말한 거 시험에 나왔어요" 하고 아이가 웃으면, 기쁘면서도 가슴이 아팠다. 양심은 후각과 달라서 썩은 냄새를 오래 맡아도 무뎌지지 않았다. 아주머니가 내 정체를 알게 되고, 아이가 나를 미워하게 될까 봐 무서웠다. 불안은 점점 커져 망상으로 이어졌다. 낯선 사람이 다가와 나를 칠 것 같고, 경찰차만 봐도 가슴이 덜컥 내려앉았다. 화장실로 숨는 강박이 생겼다. 자주 씻어 마른 손을 씻고 또 씻었다. 끈적한 검불이 뒤엉킨 수렁으로 미끄러지는 꿈을 꾸었다.

비밀은 오래가지 않았다. 우리 집 앞 골목에 아주머니가 서 있었다. 나는 도망도 못 가고 가까이 가지도 못한 채 멈춰 섰다. 귀가 먹먹해지고 발은 땅에 박혔다. 앞이 깜깜해지면서 시간이 멈춘 듯했는데, 마치 이 순간을 기다려온 거 같다는 기괴

한 착각마저 들었다. 나를 본 아줌마는 달려들어 내 머리끄덩이를 잡았다. 내 머리칼을 거칠게 잡아 흔들었다.

"사람만도 못한 년, 이 천벌 받을 것들아. 어린 게 무슨 낯짝을 들고 우리 집에 들어왔어? 어떻게 나랑 우리 애를 속여? 이 돌은 년, 미친년아."

예, 아주머니. 저 미친년 맞아요. 인두겁을 쓴 짐승만도 못한 년. 할 짓이 없어 바람난 인간들의 꼭두각시나 하는, 그런 년이 저예요. 분이 풀릴 때까지 때리세요. 죽을 때까지 맞아도, 저는 유언 한 줄이 없답니다.

나는 아주머니가 머리채를 잡아 뜯고, 등을 때리는 대로 흔들렸다. 아주머니의 손은 어쩐지 힘이 없었다. 아주머니가 우는 소리는 어릴 적 들었던 엄마의 울음과 닮아 있었다. 서럽고 서러운 소리. 네가 미워 우는 건지 내가 싫어 우는 건지, 알 수 없는 소리였다. 나는 입술을 꽉 물었다. 울음이라도 참아서 아주머니께 용서를 빌어야 했다.

내 마음에 품었던 도덕적 이상형이 소리 없이 울고, 나와 엄마를 간신히 잇던 탯줄이 마침내 툭 하고 끊어지는 소리가 났다. 일행인 듯한 여자가 "애가 무슨 죄야. 애가 뭘 안다고 자기 집엘 갔겠어? 미친 것들이 시켰겠지" 하고 말려주었다. 아주머니가 떠나고도 한참 동안 일어나지 못했다. 아파서 울고, 창 피해서 울고, 내 신세가 더럽고 역겨워서 울었다. 구경하며 수 군대던 사람들이 전부 떠날 때까지, 웅크린 채 있었다.

엄마는 이미 일을 당했거나, 이제 곧 당하겠지.

나는 집에 들어가지 않고 돌아섰다. 엄마한테 문자 메시지 를 보냈다.
'나 친구 만나러 가. 당분간 서울에서 지낼게.'
답장은 없었다.

시외버스 터미널에 갔다. 수배자처럼 숨어든 화장실은 하 수구 냄새가 지독했다. 거울 앞에 섰다. 깨지고 발갛게 녹이 슨 유리 안에, 머리는 다 뜯기고 손톱으로 이리저리 긁힌 내 얼굴이 있었다. 발갛게 부은 뺨이 얼얼하게 아팠다. 어쩐지 속이 시원했다.

물 위에 떠서 사는 식물

늦은 밤 서울 집으로 스며들었다. 밤새 비를 맞으며 국경이라도 넘은 사람처럼 며칠을 앓았다. 뼈마디가 으스러지고 쇳물을 마신 듯 목이 타도, 이마 한 번을 짚어주는 사람이 없었다. 정신이 들면 칠성문 밖 빈민과 다름없이 삼류로 전락한 내 삶에 대하여 생각했다. 제인 에어며 톨스토이를 마음에 품은 건 허영이었으나, 성모상에 고개 숙이고 두 손 모아 기도한 건 연극이었을까. 원래부터 나는 거짓말을 잘하는, 지옥에 가까운 인간이었는지도 모른다. 정화조 냄새나는 방이 비로소 내게 어울린다고 생각했다. 가시와 오물이 뒤섞인 바닥에 누웠는데, 뜬금없이 유행가 한 구절이 떠올랐다. '부평초 같은 내 마음을'이라는 옛날 노래 가사였다. 부평초가 무엇인지 선생님에게 물었던가, 아니면 친구 어머니에게 물었었나.

"부평초가 아마 그거지. 물 위에 떠서 사는 식물."

뿌리를 못 내리고 떠도는 신세를, 부평초 팔자라 한다고 덧붙였다.

기숙사에 들어가고 싶다고 말했다. 엄마는 아무것도 묻지 않고 기숙사비를 내주었다. 금방 떠날 걸 알았다는 듯, 짐은 늘지 않았다. 가방 하나가 내 짐의 전부였다. 다시 엄마 곁을 떠나게 될 줄은 몰랐다. 기숙사는 산 밑에 있는 오래된 건물이었다. 산에서 불어오는 바람은 차갑지만, 큰 창으로 들어오는 햇빛이 눈부셨다. 단체 생활이 처음이라 긴장했다. 풍문으로 들은 텃세나 따돌림을 걱정했지만, 어디에 있거나 외롭기는 마찬가지라고 생각했다.

방에는 두 명의 학생이 있었다. 화학과인 혜영과 미술 전공인 연홍이 룸메이트였다. 연홍은 자기가 후배라는 이유로, 선뜻 내게 1층 침대 자리를 내주었다. 혜영은 과자와 음료수를 사 와서 환영 파티를 열어주었다. 생각지도 못한 환대였다. 둘은 스스럼없이 고향과 학과 등을 얘기하며 내게 다가

왔다. 내가 탐색을 오래 한다면 둘은 먼저 자신을 열어 보이
는 사람이었다.

연홍은 화장을 독특하게 했다. 눈두덩이에 초록색이나 붉
은색 아이섀도를 발랐다.
"이상한 색을 발랐는데 왜 멋있지?"
내가 묻자, "언니, 화장은 자신감이에요. 남들과 같은 색깔
은 재미없잖아요. 남자친구가 그러는데 내가 오늘은 어떤 얼
굴을 하고 올까 기대된대요. 이게 일상 속 예술 아니겠어요?"
하고 답했다. 눈썹도 어느 날은 일자로, 또 다른 날은 갈매기
모양으로 그렸다. 립스틱을 볼에 바르기도, 아이섀도를 입술
에 칠하기도 했다. "그렇게 섞어 발라도 되는 거야?" 내가 놀라
물으면 혜영이 거들었다.
"문제없어. 어차피 화학적으로 같은 성분이거든. 지우는 거
만 잘 지우면 돼."

매일 밤 우리는 불을 끄고 누워 두런두런 이야기를 나누다
잠이 들었다. 꽤 가까워져 고민을 말하기도 했다. 혜영은 부유
한 도시 아이들에 놀랐다고 했다. 부모가 보내주는 용돈으로
는 서울 친구들의 씀씀이를 따라갈 수 없다고 했다. 하루에 버

스가 두 번 다니는 촌구석에서 부모는 손이 문드러지도록 농사짓는데, 호의호식하며 돈만 기다리는 자신이 엄마 아빠의 피를 빨아먹는 거머리 같다고 말했다. 스무 살답지 않게 화장품도 안 사고 옷에도 관심 없는 혜영의 모습이 이해됐다. 얘기를 듣던 연홍이, "그래서 언니가 공부를 열심히 하는군요. 언니가 거머리면 저는 핵폐기물이에요. 나는 공부도 안 하고 연애만 하는데. 엄마 아빠 미안해" 하고 흑 울어버리는 바람에, 울다가 웃은 우리는 엉덩이의 뿔을 뽑아야 했다.

밤 11시에 기숙사 문을 잠그는데 열애 중인 연홍은 10시 59분에 뛰어 들어오는 날이 많았다. 혜영과 나는 무서운 아빠가 있는 자매처럼 연홍의 귀가를 걱정했고, 점호 시간이 다가오면 조마조마해졌다. 연홍이 머리를 휘날리며 뛰어 들어오면 마음을 놓았고, 연홍이 안 들어오는 밤이면 말없이 잤다.
"언니들, 나 한 번만 더 무단 외박하면 기숙사에서 퇴출이에요."
울상 짓는 연홍의 말에 마음이 무거운 건 나뿐만이 아니었다.
어느 날 밤이었다. 점호 시간은 다가오는데 연홍이 들어오지 않았다. 휴대폰 전원도 꺼져 있었다. 혜영과 나는 '어떡하지'를 백 번쯤 하다가, 베개 두 개를 놓고 이불을 덮어씌웠다. 2층에 누운 사람을 굳이 확인하지 않을 듯했다. 거짓말이라도 해서 동생을 살려야 했다. 아무것도 안 하고 연홍이를 내보낼 수는 없었다. 11시가 되었다. 결국 연홍이는 들어오지 않았다. 4학년 기숙사 층장이 각방을 돌며 점호를 시작했다. 혜영과 나는 긴장으로 얼굴이 붉어졌다. 평소처럼 혜영은 책상 앞에 앉고 나는 침대에 누웠다. 층장이 우리 방에 들어왔다. 나는 자고 있었다는 듯 부스스 일어나 앉았다.

"한 명은?"

층장 선배가 물었다.

"아파요."

혜영이 얼른 답했다.

"아파? 약은 먹었어?"

층장이 걱정된다는 듯 우리 침대로 다가오려 했다. 순간, 긴장해서 기침이 튀어나왔다. 층장이 내 얼굴을 보고 "너도 얼굴이 빨간데?" 하고 놀랐다. "옮았나 봐요." 내가 말하자 층장이 뒷걸음으로 물러나며 말했다.

"내일 다들 병원에 가라. 아니면 보건실에라도."

안도의 웃음이 나오려는 걸 간신히 참았다. 완벽한 성공이었다. 층장이 나가려고 문을 여는 순간, 우리가 잘 아는 얼굴이 나타났다. 지금 보여서는 안 되는 얼굴이었다. 뛰어온 연홍이 숨을 헐떡이며 말했다.

"층장 언니, 저 세이프예요. 안 늦었어요. 사감 선생님 잔소리 듣느라 이제 온 거예요."

우리는 사회의 모범이 될 지성인이 거짓말을 한 잘못에 대해 반성문을 쓰고, 기숙사 화장실을 청소했다.

"대학생이 벌로 화장실 청소했다는 얘기 들어봤어?"

내가 세면대에서 머리카락을 건지며 말했다(세면대에서 머리 감기 금지인데 대체 누가 이러는 거야).

"집에 연락 갔으면 난 도랑에 코 박고 죽었을 거야."

혜영은 자신이 한심해 죽겠다는 듯 말했다.

"언니들 때문에 이게 뭐예요. 내 손톱 다 망가지겠어요."

변기 청소 솔을 든 연홍의 말이 황당했다. 우리가 누구 때문에 그런 건데! 라고 소리치려는 순간, 연홍이 말을 이었다.

"그런데 너무 좋아요. 언니들이 진짜 내 언니 같아요."

연홍의 코맹맹이 소리에 내 코끝도 찡해졌다. 혜영도 벌게진 눈으로 쑥스럽다는 듯 웃었다. 내가 이들 사이에 뿌리를 조금 내렸다고 느꼈다.

그리움만 쌓이네

　여름은 쓸쓸한 계절이었다. 방학이 되어 혜영과 연홍은 집으로 돌아가고, 나는 학교에 남았다. 기숙사에는 계절 학기를 듣거나 취업 준비하는 학생이 머물렀다. 복도에 나갔다가 사람을 만나면 누군지도 모르면서 반가웠다. 건물에 나 혼자가 아니라는 사실에 안도했다. 주로 도서관에서 시간을 보냈다. 매점 테이블에서 소설을 읽고 라디오를 들었다. 그러다가 나처럼 혼자 있는 친구를 사귀게 되었다. 같은 학번인 친구는 기숙사가 집보다 편하다고 했다. 나와 같은 사람이 있다니. 우리는 가까운 시내로 나가 영화를 보고, 길고양이 먹이도 주고, 통금 시간에 몰래 나와 밤 산책도 했다.

어느 여름밤이었다. 낮의 후덥지근한 열기는 석양과 함께 사라지고, 서늘한 바람이 불어왔다. 종일 보이지 않던 친구가 내 방문을 두드렸다.

"어디 갔었어?"

"혼자 있고 싶어서 여기저기 다녔어."

내가 혼자 있고 싶던 순간이 떠올라서 가슴에 멍울이 졌다. 친구가 편의점에 가자고 했다. 우리는 낮은 집이 드문드문 있는 조용한 동네를 걸었다. 담벼락에 능소화가 늘어지고 풀벌레가 울었다. 가로등에 불이 들어오고, 낯선 발걸음을 경계하는 개가 짖었다. 편의점에 들어간 친구는 곧장 소주를 집어들었다.

"네가 술을? 무슨 일이야?"

친구는 씩 웃고 말았다. 나는 얼른 새우깡을 집었다. 우리는 다시 어둠이 내린 여름밤을 걸었다. 저 멀리 지나가는 차 소리가 들렸다.

"오늘 우리 아빠 제삿날이야."

나는 깜짝 놀라 걸음을 멈췄다.

"집에 가봐야 하는 거 아니야?"

"… 엄마가 자살한 사람 제사는 지내는 거 아니래."

기숙사 앞 저수지가 보이는 벤치에 앉았다. 우리가 길고양이 먹이를 놓는 장소였다. 친구는 종이컵에 소주를 따라서 발 앞의 작은 바위 위에 올려놓았다. 흐드러지게 핀 노란 금계국이 바람에 흔들렸다.

"오늘은 친구도 데려왔다고 아빠가 좋아하겠네."

오늘은? "몇 년 됐어." 내 속말이라도 들은 듯, 친구가 말했다.

"그동안에도 혼자 추모했어? 고등학생일 때는 술을 어떻게 샀어?"

"야, 너는 이 상황에서 그게 궁금하냐?"

친구가 어이없다는 듯 웃으며 나무랐다. 그리고 말했다.

"우리 동네에선 내 얼굴 보면 그냥 줘."

"… 어머니는?"

내가 조심스레 물었다.

"집에서 울고 있겠지."

엄마는 그날에 대해 아무 말도 하지 않았다. 나도 아무것도 묻지 않았다. 엄마에게 무슨 일이 있었는지 내가 모르는 것처럼, 엄마도 내게 일어난 일을 모르는 편이 낫다고 생각했다.

엄마는 내게 '이제 과외 안 가도 돼'라는 메시지를 보냈을 뿐이었다. 좋은 가족이 될 것처럼 말하던 아저씨도 다시는 볼 수 없었다. 엄마는 가게를 정리했다. 안 그래도 마른 얼굴이 더 여위어 있었다. 짐을 가지러 들른 날 밤, 엄마는 여느 날처럼 노래를 틀어놓고 잠자리에 들었다. 하지만 내 귀에는 들렸다. 이불 속에서 숨죽여 우는 소리가, 밤새 끊어질 듯 끊이지 않는 소리가 들렸다. 세상엔 우는 여자가 많았다.

"나도 소주 한 잔 주라."

우리는 종이컵으로 건배했다. 친구를 위해 한 잔, 아버지를 추모하며 또 한 잔, 어디선가 울고 있을 우리의 엄마들을 위해 한 잔을 더 마셨다. 쓴 술에 눈앞이 핑핑 돌았다. 술에 취한 나머지, "아빠 제삿날에 이래도 되나?" 하면서 함께 막 웃었다. 한참 웃던 우리 사이에 슬픈 적막이 찾아왔다. 아무 말도, 아무런 생각도 떠오르지 않았다. 친구가 "노래 들을래?" 하더니 줄 이어폰 한쪽을 내게 주었다. 〈그리움만 쌓이네〉, 노영심의 목소리가 들려왔다. 우리는 소주를 홀짝이며 조용히 노래를 따라 불렀다. 홀쩍이는 건지 취한 건지 코맹맹이 소리가 났다. 어느새 고양이 한 마리가 다가와 발밑에 앉아 있었다.

시발, 내 동생

나는 여덟 살에, 동생은 고작 네 살 때 엄마를 잃었다. 나는 초등학교 입학식 날 엄마 손을 잡은 기억이라도 있지만, 동생은 세상에 대한 호기심이 시작될 때 아무리 불러도 오지 않는 엄마를 기다리는 아이가 된 것이다. 내가 연민과 대견함을 적절히 섞어 사랑받는 아이였다면, 동생은 살아남는 방법도 배우지 못한 벌거숭이였다. 딱한 환경에서 내가 기특한 아이였다면, 동생은 불우한 환경 탓에 뻔한 아이였다. 내가 반장을 하고 상장을 받는 동안 동생은 선생에게 매를 맞았다. 공부를 못 해서 맞고, 준비물을 안 가져와서 맞고, 아무리 때려도 찾아오는 엄마가 없어서 더 맞았다. 나는 동생이 부끄러웠다. 나는 고아를 꿈꿨기 때문에 동생도 필요 없는 존재였다. 밖에서 가족 얘기를 안 해서 친구들은 내게 동생이 있는 줄도 몰랐다. 동생은 고등학생 때부터 주유소에서 기름을 넣고 중국집에서 배달 일을 했다. 그렇게 번 돈으로 오토바이를 사서 퀵서비스를 했다. 하루에 만오천 원을 벌어 만 원은 저금하고, 오천 원은 생활비로 쓰라고 내게 주었다. 오토바이 타는 동생을 부끄러워하면서 돈은 냉큼 받아 썼다.

어느 날 아빠가 다급한 목소리로 동생에게 연락이 왔느냐고 물었다. 군대 간 동생이 탈영했다고 했다. 나는 동생이 군대를 어디로 갔는지도 몰랐다. 선임을 때리고 탈영한 동생은, 시시하게도 반나절 만에 제 발로 복귀했다고 한다.

얼마 후 동생에게 전화가 왔다.

"영창 갔으면 호적에 빨간 줄 그어지는 거야?"

내가 모험이라도 하고 왔냐는 듯이 물었다. 다행히 동기들이 선임의 괴롭힘을 증언해서, 영창은 안 가고 일주일 동안 벌을 받았다고 했다. 독방에 가부좌로 50분 앉아 있다가 10분 동안만 움직일 수 있었는데, 차라리 막노동하거나 매를 맞는 게 낫지, 손가락 하나 못 움직이니 돌아버리는 줄 알았다고 했다. 쉬는 시간이 되면 1초를 흘릴세라, 뛰고 구르며 귀신 들린 사람처럼 온몸을 털었다고 했다.

"철창에 갇힌 다람쥐가 왜 미친 듯이 쳇바퀴를 도는지 알
게 됐어."

동생이 웃으며 말했다.

새로 생긴 남자친구랑 대공원에 놀러 갔다. 회전 그네와 바
이킹도 타고, 다람쥐 통을 타러 갔다. 동그란 통이 빙글빙글
돌아가는 놀이기구였다. 우리는 무섭고 재밌어서 소리를 질
렀다. 남자친구가 나를 보호하는 척하며 은근슬쩍 내 손을 잡
았다. 나도 어지러운 척하며 그의 손을 꽉 잡았다. 빙글빙글.
통은 계속 돌았다. 빙글빙글. 문득 동생이 생각났다.

쉬는 시간마다 정신없이 뛰었다는 너. 철창 속 다람쥐의 마
음을 알게 됐다는 너. 나는 부모 복만 없는데, 누나 복까지 없
는 너.

마치 벌을 받기라도 한 것처럼 놀이기구에서 내리며 휘청거
렸다. 간신히 땅에 닿았다. 벌게진 내 눈을 보고 남자친구가
괜찮냐고 물었다. 나는 멀미가 나서 그렇다고, 다시는 다람쥐
통을 타지 말자고 말했다.

동생은 군대 전역 후 에어컨 설치 기사가 됐다. 더울 때 더운 곳에서 일하고 추울 때 추운 곳에서 일한다. 비가 오면 비를 맞으며 일하고, 눈이 오면 눈에 젖어 일한다. 동의를 얻은 후 벽을 뚫었는데 다시 메꾸라고 욕먹고, 시끄럽다고 욕먹고, 먼지 묻은 옷을 입고 집에 들어왔다고도 욕먹는다. 원목 소파를 재활용장에 내려주지 않으면 평가를 나쁘게 주겠다고 협박하는 사람도 있었고, 텔레비전에서나 본 '공부 안 하면 저런 일을 해야 한다'라고 아이에게 말하는 여편네를 만났을 때는, 벽을 뚫고 있던 전동 드릴을 간신히 붙잡고 있었다고 했다. 백 킬로에 육박하는 실외기를 등에 지고 건물 옥상에 가는 날이면 척추가 바스러지는 느낌이라고 말했다.

아빠한테 데어서 술도 싫고, 가난한 게 싫어서 돈 쓰는 일이 무섭고, 불행해질 거 같아서 결혼은 꿈도 안 꾼다는 불쌍한 녀석. 그래도 한집에 오래 살았는데 떠오르는 추억이 하나도 없냐, 시발. 어쩌다 생긴 초코파이로 케이크 모양을 만들어 먹은 일, 이웃 아줌마가 준 김치부침개를 나눠 먹고, 더 먹고 싶다는 동생을 위해 옆집 문 앞을 기웃거리던 나. 함께 엄마를 만나고 온 날, 사실대로 말하면 아빠한테 맞을까 봐 먼 놀이터에서 놀다 왔다고 동생에게 거짓말을 시킨 일. 어떻게 이런 기억밖에 없냐, 시발.

여름이 끝나면 에어컨 기사는 무슨 일을 해서 먹고 사느냐고, 내가 물었다. 동생이 겨울에는 신축 빌라나 오피스텔의 천장형 에어컨을 단다고 답했다.
"다 지어진 건물이니 비는 안 맞겠네."
나는 또 남의 일처럼 말했다. 오늘도 실외기를 짊어지고 계단을 오르고 있으려나. 지가 시지프스야 뭐야, 또 시발.

너를 위한 기도

소설에서 흔히 읽는, 다리 힘이 풀리고 손이 덜덜 떨린다는 문구가 적확한 표현이라는 걸 알았다. 첫째 출산을 앞둔 어느 날이었다. 병원이었는지 경찰서였는지 기억이 나지 않지만, 동생이 큰 교통사고를 당했다는 전화였다. 무슨 말인가를 하려고 입을 벌렸지만, 사과 조각이 목에 걸린 듯 아무 말도 나오지 않았다. 누가 내 뇌를 멈추게 만든 듯했다. 덜덜 떨리는 손으로 전화기의 1번을 꾹 눌렀다. 아무 말 못 하고 "어, 어," 하자 남편이 남편이 "진통이 와? 배 아파?" 하고 놀라 물었다. 분만 교실에서 배운 호흡법으로 숨을 가다듬고 처음으로 입을 떼는 사람처럼 말했다.

"도, 동생이 사고 났대."

지방의 병원으로 남편이 달려갔다. 몇 번 만에 전화를 받은 남편은 말을 망설였다.

"얼마나 다쳤는데? 사실대로 얘기해줘."

나의 다그침에 남편은 "좋은 상황은 아니야. 기다려봐야지"라고 말끝을 흐렸다. 좋은 상황이 아니라는 게 뭔지, 뭘 기다린다는 건지 알 수 없었다. 며칠 후 얼굴이 까맣게 변해 돌아온 남편은 나를 보자마자 눈물을 글썽였다.

"의식이 없어."

주저앉는 나를 남편이 붙들었다. 의식 불명이라니. 온갖 어두운 말이 적힌 내 일기에도 쓰인 적 없고, 들어서게 될 줄도 몰랐던 단어였다.

'안 돼, 너무 불쌍하잖아. 어린애가 먹고살겠다고 공사판에 나갔다가 이렇게 다친다고? 눈을 안 뜨고, 이름을 불러도 불러도 대답이 없다고? 하느님, 부처님, 성모님. 믿는 자에게 복을 준다 하지 않으셨나요? 이건 너무하잖아요. 불공평하잖아요. 저 착한 아이가 무슨 죄가 있나요. 차라리 못된 제게 벌을 내리세요. 내 의식을 가져가 저승사자의 손에 쥐여주세요.'

당장 병원으로 가겠다는 나를 남편이 말렸다. 중환자실에 있어서 면회도 안 되고, 붕대를 감지 않은 몸이 없어서 보면 충격받을 거라고 했다. 게다가 뺑소니였다. 지방 신축 아파트 단지에서 공사를 하고 퇴근하던 중, 신호를 위반한 과속 트럭에 들이받혔다고 했다. 트럭 운전자는 몸이 아프다는 핑계로 현장을 이탈했는데, 음주운전이 의심된다고 했다. 병원엔 엄마 아빠가 교대로 머물렀다. 원수지간인 만큼 병실에서도 싸우는 듯했다. 엄마는 자식이 이 지경인데 술 먹고 오는 사람이 어디에 있냐며 아빠를 욕했다. 나는 아빠가 마음이 힘들어서 마셨을 거라고 말하려다 말았다. 나는 괜찮은 척 있다가 남편이 출근하면 울었다. 빛줄기 하나 안 드는 반지하 방은 울기에 좋았다. 배가 뭉쳐 단단해지면 두 팔로 배를 감싸고 울었다. 일주일이 지나고 열흘이 흘렀다. 젊어서 금방 깨어날 거라던 의사의 말을 믿었다가 다시 의심하기를 반복했다.

태동이 줄어서 병원에 갔더니, 스트레스 받는 일이 있었냐고 의사가 물었다. 출산일이 다가오자 다른 걱정이 올라왔다. 산후조리원에 들어갈 형편이 안 돼서 엄마에게 돌봄을 부탁했는데, 엄마는 동생의 병원에 매달려야 했다. 남편도 병원을 오가느라 휴가란 휴가는 모조리 당겨써서, 남편 없이 출산해

야 할지도 몰랐다. 어쩔 수 없는 일이라고 생각하면서도 왜 하
필 이때인지, 하여간 도움이 안 되는 녀석이라고 생각했다. 동
생은 의식의 검은 바다를 헤엄치고 있는데, 나는 내 뼈마디와
미역국 끓여 먹을 걱정을 했다. 내가 이렇게 못된 년이었다.

무통 주사를 맞고 버티다가 기어이 제왕 절개를 했다. 잠에
서 깼다. 산소마스크가 답답했고 아랫배는 생살을 당겨 꿰매
놓아 쓰라렸다.

"산모님 깨셨어요? 아기는 건강합니다."

나의 인기척에 간호사가 다가와 말했다. 내가 입을 떼려는
순간, 간호사가 또 말했다. "손가락 발가락 열 개씩 다 있고
요." 그걸 물으려는 걸 어떻게 알았지. 피식 웃었더니 배가 찢
어질 듯 아팠다.

"그리고…" 간호사가 말을 이었다.

"기도 많이 할게요. 제가 기도발이 좋거든요."

가슴이 쿵 내려앉았다. 내 아기에게 무슨 문제라도 있는 걸
까.

"무슨 말씀이세요?"

"동생분이 아프다고, 깨어나야 한다고 말하며 많이 우셨어
요. 저희 간호사들이 다 손잡아드렸는데, 기억 안 나세요?"

간호사 선생님의 기도 덕분이었는지, 하느님 부처님 성모님도 딱해 보였는지, 동생은 보름 만에 눈을 떴다. 젊고 건강해서 회복이 빨랐다. 사람들은 큰 사고에 이만한 게 기적이라고 말했다. 나는 동생에게 복 주는 걸 잊은 하느님이 한방에 빚을 갚은 거라고 생각했다. 몇 달의 재활 운동이 끝난 후에야 동생은 조카를 보러 올 수 있었다. 나는 동생을 배불리 먹이고, 손바닥만 한 담이 돌아다닌다는 등을 발로 밟아 풀어주고, 보일러를 높여 뜨겁게 재웠다. 몇 시간을 내리 자고 일어난 동생이 개운하다고 말하면, 내 마음의 짐도 좀 가벼워졌다. 내가 동생을 위해 한 건 고작 그런 일이었다. 동생은 마흔이 다 돼서 청약에 당첨돼 아파트에 입주했다. 스무 살 때 누나가 강제로 청약저축에 가입시킨 덕이라는데 나는 기억에 없다. 부처님의 은공이라고 생각한다. 또 부모처럼 될까 무서워 혼자 살겠다는 가련한 마음을 보듬는 친구도 생겼다. 성모님처럼 부드러운 목소리로 온화하게 말하는 여자다. 종교는 없지만 신은 믿는다. 하느님과 부처님, 성모님이 인간을 어여삐 여겨 복 주는 걸 잊지 않으리라 믿는다.

장래 희망은 고아

엄마가 없고 아빠가 돌보지 않는 아이의 장점은 생활 전부를 내 의지로 꾸린다는 거였다. 비록 잘 먹지 못하고 깨끗하게 입지 못했지만, 숙제하거나 이를 닦는 일도 내 결정으로 살았다. 내가 조금이나마 독립심과 생활력이 강한 사람으로 자란 건 이혼한 부모덕인지도 모른다.

옛날엔 텔레비전을 바보상자라 하여 아이들은 오래 보지 못하게 했다. 나는 브라운관 텔레비전을, 애국가가 울리는 오후 5시부터 어린이는 잠자리에 들 시간이라는 9시를 지나, 다시 애국가가 나오는 자정까지, 손만 뻗으면 채널을 돌릴 수 있는 거리에서 봤다. 혹시 내가 이야기를 많이 가진 사람이라면, 이때 본 수많은 만화와 드라마에서 기인한 것일지 모르겠다(아끼는 만화책 덕이라며).

더빙 만화를 좋아했다. 〈들장미 소녀 캔디〉를 시간 맞춰 기다려 봤다. 닐과 이라이자에게 끊임없이 괴롭힘을 당하면서도 외로워도 슬퍼도 울지 않는다는 씩씩한 캔디가 멋있었다. 〈빨강머리 앤〉도 빼놓지 않고 봤다. 앤 셜리가 초록 지붕 집의 창문을 열고, 맑은 개울을 건너뛰고, 사다리에 올라 사과 꼭지를 돌려 따는 장면에 설렜다. 환영받지 못한 고아였지만, 사랑으로 성장해 아주머니를 돌보는 결말에 감동했다. 엄마를 잃어버린 〈둘리〉와 엄마를 찾아다니는 〈꼬마자동차 붕붕〉은 내 친구였고, 엄마가 없는 〈말괄량이 삐삐〉와 〈은하철도 999〉의 철이, 〈달려라 하니〉도 내 형제 같았다. 온 세상 만화가 전부 나를 위로하는 것만 같았다.

학교의 교실 뒤편에는 책장이 있었다. 『키다리 아저씨』와 『소공녀』를 보기 위해 일찍 학교에 갔다. 누가 먼저 가져갈세라, 가방을 내려놓기도 전에 책부터 챙겼다. 주디 애버트처럼 재미있는 편지를 쓰고 싶었고, 다락방 하녀가 되어도 꿋꿋한 세라처럼 기품 있는 사람이 되고 싶었다. 캔디, 앤, 주디, 세라.

나의 사랑하는 고아 소녀들이었다.

나도 고아였으면, 신기루처럼 닿지 않는 엄마와 흉터가 아물면 더 깊은 상처를 내는 아빠, 나 하나 챙기기도 힘든데 들러붙는 동생을 떨구고 완벽한 고아였으면 하고 바랐다. 차라리 혼자라면 더 잘 살 수 있을 것 같았다. 장래 희망을 적는 칸에 '고아'라고 쓰고 싶은 적이 얼마나 많았던가. 만약 그랬다면 멀쩡히 살아 있는 부모가 다 죽길 바란다는 뜻이냐, 하고 당장 정신 감정에 들어갔을지도 모른다. 책과 만화의 고아 이야기는 내 희망이었다. 지금은 힘들어도 미래엔 행복할 거야, 버티다 보면 다정한 친부모가 나를 찾으러 올 거라는 공상이 유일한 낙이었다.

간절하면 이루어진다던데, 그토록 원했건만 고아가 되고 싶은 장래 희망은 오래도록 이뤄지지 않았다. 장수하고픈 부모의 꿈이 더 강력했나 보다. 대신 고아인 남자를 만났다. 나는 그렇게 어린 나이에 부모를 여읜 사람을 처음 봤다. 부모가 없다는 건, 당장 먹고사는 문제뿐만 아니라 세상을 이어주는 끈이 사라진 느낌이라고 그가 말했다. 그야말로 허허벌판에 내동댕이쳐진 기분이라고 했다. 내가 "없는 게 더 나은 끈도 있어"라고 말했을 때, 그는 무슨 뜻인지 모르겠다는 표정을 지었다. 그는 부모를 어린애처럼 그리워했다. 시시때때로 천사와 다름없었다는 어머니 얘기를 하고, 라디오에서 아버지가 즐겨 듣던 노래가 흘러나오거나, 부모와 함께 놀러 갔던 장소를 지나칠 때면 눈물을 글썽였다. 아직도 그의 보물 함엔 아버지가 쓰던 안경과 머플러가 고스란히 남아 있다. 그가 부모와의 추억을 회상하며 울먹일 때마다, 나는 느껴본 적 없는 감정이라 샐쭉한 표정을 짓고 만다.

부모를 절절히 그리워하는 남자와 부모를 끔찍하게 싫어하는 여자가 함께 살고 있다. 부모의 따뜻한 사랑만 한없이 기억하는 그에게, 어릴 적 꿈이 고아였다고 말하면 이해해줄까. 무슨 일이 있었길래 아버지와 연락이 끊겼는지, 사람들에겐 더없이 친절하면서 어머니에겐 왜 그렇게 냉랭한지 궁금해하는 그에게 말이다. '지금도 내 꿈은 완벽한 고아가 되는 거야'라고 말하고 싶은데, 그가 실망하고 혹시 나를 사랑하지 않을까 봐 "집안마다 사정이 있는 거야"라고 둘러대고 말았다.

성묘 가는 길

　나는 초등학교 때 '성묘 가는 길'이라는 글을 써서 상을 받았다. 내용까지 기억하는 건, 옆 반 선생님이 내 글을 읽고 눈물을 흘렸다고 말해서다. 외할머니를 따라 할아버지 무덤에 가는 이야기였다. 시외버스를 두 번 타고도 내려서 한참을 걸어가야 했다. 내가 다리가 아프다고 말하자 할머니가 쉬었다 가자며 길가에 앉았다. 할머니 한복도 분홍색이고, 코스모스도 분홍색이라 잠자리가 할머니 머리 위에 앉았다. "할아버지 잠자리가 할머니 마중 나왔네" 했더니 할머니가 훌쩍였다, 나도 따라서 울었다는 내용이었다.

　글짓기에 안 쓴 게 있다. 할머니가 무덤의 잡초를 뽑으며 말했다.

"딸을 너무 미워하지 마소. 다 내가 애를 잘못 키운 탓이오."

그 딸은 당연히 우리 엄마였다. 할머니는 내가 초등학교 1학년 때 미망인이 됐다. 아빠 말에 의하면, 큰딸이 이혼한다는 소식을 들은 할아버지가 뒷목을 잡고 그대로 쓰러져 돌아가셨다는 것이다. 궁금했지만, 엄마나 할머니에게 사실이냐고 묻지 못했다. 할머니는 무덤에 소주를 뿌리며 내게도 말했다.

"엄마 미워하지 말고, 말 잘 들어라. 네 엄마 불쌍하잖니."

나는 엄마가 불쌍하단 생각은 안 해봤는데, 할머니가 불쌍하다고 하니까 조금 불쌍하게 생각됐다. 나는 그러겠다고 할머니랑 약속했다.

할머니와 소소하게 보내는 시간은 재미있었다. 할머니의 흰머리를 뽑아 십 원씩 받고(검은 머리를 뽑으면 오십 원 뺏기고), 할머니가 드라마를 보며 이년 저년 하는 욕에 맞장구치다가, 운동하자고 나가서 군민 운동장은 두 바퀴만 돌고, 호두과자를 다섯 알씩 먹으며 집으로 돌아왔다. 할머니 친구들이 고스톱을 치면 떡도 데우고 귤도 씻어다 내놓았다. 십 원짜리라 판돈은 작아도 어느 시합보다 치열했다. 오십 원에 삐지는 할머니가 있는가 하면, 백 원에 얼굴을 붉히고 일어나는 할머니도 있었다. 기숙사에 들어가고서 감기가 올 듯 몸이 안 좋거나, 내가 좋아하는 맛이 나는 음식을 먹고 싶으면 할머니 집으로 갔다. 문이 잠긴 적이 없었다. 할머니는 혼자 살면서도 큰 들통에 찌개를 끓였다. 들기름으로 볶아서 끓인 김치찌개를 퍼먹고 누워 있으면 할머니가 들어왔다. 노인정에서 싸움 난 이야기가 드라마보다 재미있었다. 할머니네서 자는 날은 밤샐 각오를 해야 했다. 할머니의 취미는 무서운 영화 보기였다. 나는 병원 바늘만 나와도 눈을 감는데, 할머니는 무협 영화도 귀신 영화도 시시하다고 했다. 오로지 좀비와 괴물이 할머니의 확고한 취향이었다. 귀가 어두운 할머니는 소리를 최대로 키우고 영화를 봤다. 나는 밤새 좀비와 괴물에 쫓기는 꿈을 꿨다.

할머니는 말동무도 되고 종아리도 주무르는 나를 제일 좋아할 줄 알았는데 아니었다. 할머니는 엄마를 제일 좋아했다. 나한테 예쁘다 예쁘다 하다가도, "또 머리했냐, 네 어미가 힘들게 번 걸로 돈지랄했냐" 하고 역정 냈다. 하루는 밥을 먹고 있는데 전화를 받고 온 할머니가 대뜸 내게 화를 냈다.

"네 엄마는 네가 여기에 와 있는 것도 모르더라. 엄마한테는 왜 전화 안 하냐."

엄마한테서 온 전화였나 보다.

"네 어미 말라가는 거 좀 봐라. 딸이라고 하나 있는 게 어째 돌덩이처럼 구냐. 네 어미 불쌍하지도 않냐."

빈정이 상해서, 나도 모르게 큰소리로 대들었다.

"엄마가 뭐가 불쌍해요. 하고 싶은 거 다 하면서 사는 사람인데. 내가 엄마 때문에 얼마나 힘든지 알아요?"

거친 내 말에 할머니의 눈이 놀라 커지더니, 금세 눈물이 그렁그렁 고였다.

"모르는 소리 마라. 아무것도 모르면서 그렇게 말하면 안 돼. 이제 너도 다 컸으니까 하는 말인데… 내가 네 어미한테 잘못한 게 많다… 네 어미와 이모 사이에 아이가 하나 더 있었어. 어려서 죽었지. 네 어미 잘못도 아닌데, 할아버지가 화풀이를 네 어미한테 했다. 툭하면 화내고 별거 아닌 일로 애를 잡았어. 딸이고 맏이니까 네 어미가 만만했던 거지. 내가 말렸어야 했는데… 나도 제정신이 아니었어. 어린 네 어미가 내 병간호하고 살림까지 사느라 힘들었을 거다… 고등학교 졸업하고 서울에 가고 싶다는 걸, 할아버지가 억지로 시집 보내버렸다. 고작 스물두 살이었어. 결혼해서 잘 살았더라면 내가 덜 미안했을 텐데, 그 사달이 나서… 그러니 네가 잘해줘라. 네 어미 불쌍하잖니."

내가 아이 엄마가 되자, 할머니는 증조할머니가 되었다. 할머니는 문갑을 열어 증손자들에게 연양갱을 꺼내주었다. 우리 아이들은 간식을 받아먹고 할머니 다리를 주물렀다. 고사리손이라 힘이 하나도 안 들어갔을 텐데도, 할머니는 세상에서 제일 시원하다고 말했다. 세월이 더 흘렀다. 할머니가 중환자실을 드나들었다. 처음엔 놀라 당장 병원으로 달려갔는데, 반복되자 그저 노환이려니 했다. 어느 날 아침이었다. 갑자기 아이들 옷을 준비해야겠다는 생각이 들었다. 옷 가게에 가서 검은색 폴로 티셔츠와 바지를 샀다. 집으로 돌아가는 버스 안에서 전화를 받았다. 손이 바들바들 떨렸다. 할머니가 화장터에 들어갔다. 엄마가 숨을 꺽꺽 쉬며 울었다. 엄마의 어깨를 잡아주는 사람이 아무도 없어서 조금 불쌍했다. 내가 가서 잡아주었다. 나의 사랑하는 할머니가 흰 유골함에 담겨 나왔다. 나는 담담했다. 어릴 때 이미 많이 울어서, 사람들 앞에서 눈물을 감추는 일에는 익숙해져 있었다. 유골함은 추모 공원에 안치됐다.

"괜찮아?"

집으로 돌아가는 길, 운전하던 남편이 내 얼굴을 살피며 물었다. “괜찮지 뭐.” 내가 답했다. 말이 끝나기 무섭게, 속에서 울음이 밀고 올라왔다. 댐이라도 터진 듯, 걷잡을 수 없이 눈물이 흘러내렸다. 울음을 참으려 할수록 숨이 가빠져 숨쉬기가 힘들었다.

‘할머니, 미안해요. 엄마를 불쌍히 여기라는 할머니와의 약속을 못 지킬 것 같아요.’

남편이 당황한 얼굴로 휴지를 꺼내주고 내 등을 쓸어주었다.

“바람 좀 쐴래?”

남편이 묻기에 고개를 끄덕였다. 한적한 곳에 차를 세웠다. 나는 차 문을 열고 내렸다. 길을 따라 분홍색 코스모스가 바람에 흩날리고 있었다. 나는 다시 주저앉아 울고 말았다.

파란 심장의 아이

사람들은 나를 따뜻하다고 말한다. 짐이 많은 노인과 넘어져 다친 아이를 돕고, 발이 잘린 비둘기와 떠돌이 개에 눈을 떼지 못하는 나를 보고 착한 마음을 가졌다고 얘기한다. 그들은 나를 모른다. 나는 내가 허용하는 범위 안에서만, 내게 이로운 것에만 다정하고 너그러운 사람이라는 걸. 엄마는 내가 무뚝뚝하다고 했다. 날이 갈수록 더 차가워진다고 했다. 이렇게 목석같아서야 애들을 온기 있게 건사하고, 남편 비위를 맞춰 살겠냐고 걱정했다. 엄마도 나를 모른다. 당신 앞에선 비자나무 잎처럼 뾰족하게 굴어도, 내 아이는 버들강아지 같은 손으로 끌어안고, 남편에겐 배롱나무꽃 같은 얼굴로 웃는 사람이라는 걸 말이다. 사람들은 나를 따듯하다 하고 엄마는 나를 얼음 장 같다고 말하지만, 사실 나는 온도도 깊이도 알 수 없는 우물 과 같다. 우물 안에는 제 엄마가 죽기를 바라는 파란 심장을 가 진 아이가 웅크려 앉아 있는데, 그게 아무래도 나인 것 같다.

예전엔 아니었는데 분명 아니었는데, 언젠가부터 엄마가 창 피해졌다. 엄마의 남자가 바뀌고 엄마가 사람 없는 지하에서 노래를 불러도 서글프거나 속상할 뿐 싫지는 않았는데, 언젠 가부터 그러지 않았으면 했다. 내가 지켜야 할 것이 생기면서 엄마가 불편해졌다. 엄마가 내 남편에게 만나는 남자를 소개 할 때 부끄러웠다. 남편은 어머니의 인생이니 상관없다고 말 했지만, 그게 두 번이 되고 세 번이 되자 생리대 대신 덧댄 휴 지를 들킨 것처럼 수치스러웠다. 깨끗한 개울에서 자란 남편 을 악취 나는 도랑으로 끌고 들어가는 것만 같았다. 시댁 어 른이 "친정 어머닌 잘 계시지? 어디에 계신다고 했지?"라고 물 으면, 지난번엔 대전에 있었고 이번엔 다른 남자를 따라 인천 으로 갔는데 어떻게 말해야 할지 몰라서, "고향에 잘 계세요" 라고 얼버무렸다. 이런 망신을 나만 당하면 되는데, 거짓말 못 하는 남편이 옆에서 난처한 땀을 삐질삐질 흘리고 있으면 시 궁창에라도 들어가 숨고 싶었다.

인천 아저씨는 출가한 자식이 있는 화물 트럭 운전사였다. 뭔가 켕기거나 곧 떠날 사람처럼 내 눈을 피하지 않아서 좋았다. 비록 작은 아파트의 월세살이를 하고 있어도 매일 출근하는 일이 있다는 것, 적어도 엄마를 등쳐 먹을 사람은 아니라는 게 마음에 들었다. 아저씨가 결혼한 딸과 잘 지내더라는 말도 좋았다. 적어도 자식에게 큰 상처를 준 사람은 아니란 얘기니까. 엄마가 잘 지내는 듯해 마음이 놓였다. 느지막이 만난 외로운 사람끼리 따뜻하게 살기를 진심으로 바랐다. 아저씨는 가끔 내게 '큰딸, 주말에 놀러 와' 하고 문자를 보냈다. 나는 엄마의 남자에게 처음으로 '예, 아버지' 하고 답장을 보냈다.

보통의 딸처럼 처음으로 엄마 집에 아이를 맡겨보았다. 홀가분하게 친구를 만났는데, 이상하게 내내 마음이 불편했다. 아저씨가 나쁜 사람도 아니고 엄마가 계모도 아닌데 그랬다. 그날 저녁, "엄마, 지금 오면 안 돼?" 하는 큰애의 쪼그라든 목소리에 하루도 못 채우고 데리러 갔다. 엄마는 피곤하게 뭐 하러 왔냐고 나무랐지만 굳은 표정이 기분을 말하고 있었다. 무슨 일이 있구나. 간신히 올라탄 1호선 막차에는 우리뿐이었고, 히터를 껐는지 추워서 몸이 덜덜 떨렸다. 유난히 내 손을 꼭 쥐고 있던 큰아이가 말했다.

"할머니랑 할아버지랑 마트에 갔는데 둘이 싸우고 가버려서, 우리는 길을 잃어버렸어."

"그래서?"

"동생이 울어서 어느 아줌마가 미아보호소에 데려갔어. 거기서 기다리니까 할머니가 왔어. 아무도 안 올까 봐 무서웠어."

엄마는 내게 아무 말도 하지 않았었다.

"나는 할머니는 괜찮은데, 할아버지가 자꾸 껴안고 뽀뽀하는 게 왜 이렇게 싫지?"

내 팔에 기대어 자는 줄 알았던 둘째의 말에 속이 뒤집어졌다. 아아, 대체 엄마는 왜. 나로 모자라 내 아이들에게까지 더러운 기분을 안기는 건데. 분해서 눈물이 나왔다. 나는 차라리 엄마가 없으면 좋겠다고 생각했다. 아니면 내가 닿을 수 없는 먼 곳으로, 엄마가 오갈 수 없는 먼 땅으로 떠나고 싶다고 생각했다.

인천 아저씨와는 기어이 헤어졌다. 아저씨는 월급날 전화기를 끄고 집에 들어오지 않는 노름꾼이었다.

엄마는 엄마가 만나는 사람에 관해 나에게 미주알고주알 얘기했다. 마치 내가 엄마의 친구라도 되는 듯이 얘기했다. 내가 반응을 해줘서도 아니었고, 내게 무슨 대답을 원해서 하는 말도 아니었다. 나는 가만히 엄마의 말을 듣고만 있었다. 엄마는 만나는 남자의 좋은 점에 관해 얘기하다가, 시간이 지나서는 나쁜 점을 말했다. 엄마는 엄마의 돈을 가져다 쓰는 남자, 엄마를 감시하는 남자, 도박하는 남자를 만났다. 엄마는 싸우다 지치면 헤어졌다. 언젠가 한번은, 내게 왜 이런 얘기를 하는지 물었다. 실은 내게 부끄럽지 않은지 묻고 싶었다.

"내가 너 아니면 누구한테 얘기하겠니."

우주에서 날아온 인공위성 파편이 가슴에 턱 하고 박히는 듯했다. 하필 내가 왜 엄마의 감정 쓰레기통이 됐는지, 시간을 거슬러 올라가 최초의 씨앗을 찾아 없애고 싶었다.

실은 내가 자초한 일이었다. 나는 엄마의 오랜 공범이었다. 아빠가 엄마를 찾으면 엄마는 시장에 갔다고 거짓말했다. 오늘은 뭐 했냐고 물으면 만화방은 빼고 책을 봤다고 했다. 큰아빠가 엄마를 때릴 때 온몸으로 엄마를 감쌌다. 외할머니한테는 엄마는 아무 잘못이 없는데 아빠가 엄마를 괴롭힌다고 말했다. 바나나 아저씨가 엄마의 손을 만질 때, 처음 보는 사람이 '네 엄마 예쁘다'라고 말할 때에도 눈물이 나오려는 걸 참았다. 엄마의 남자가 집에 돌아가지 않던 밤엔 귀에 이어폰을 끼었고, 아저씨네 집에 들어가 아저씨의 부인이 내주는 간식을 먹었다. 새로 만나는 사람이 엄마에게 다른 남자가 있었냐고 물으면, 모른다고 답했다.

엄마가 아프기 시작하자 모두 떠났다. 엄마를 예쁘다고 하던 사람도, 엄마가 외로운 여자라고 말하던 남자도 떠났다. 나는 쉽게 돌아설 수 있는 그들이 부러웠다. 그럴 때마다 엄마는 내게 몸과 마음의 통증을 호소했다.

'대체 어쩌라고요, 부끄럽지도 않아요? 내가 딸인 건 알아요?'

나는 소리치고 전화를 던져버리고 싶었다. 멀리하고 싶어도 엄마 앞에서 나는 무기력했다. 엄마가 불쌍하지도 않냐는 할머니의 목소리가, 눈물범벅인 엄마의 얼굴이, 지하에서 손님을 기다리는 엄마의 어깨가 내 목을 졸랐다. 남편 복 없는 년은 자식 복도 없다는 말처럼, 안 그래도 불운한 엄마의 인생에 내가 정점을 찍을까 봐 입술을 꽉 물었다. 회가 나서 흐르는 눈물을 닦아가며 엄마의 이야기를 들었다. 엄마는 부족했겠지만, 나로서는 최선이었다.

어느 날부터 전화벨이 울리면 심장이 발작하듯 뛰었다. 화면에 '엄마'라는 두 글자가 보이면 숨이 안 쉬어졌다. 또 무슨 얘기를 할까. 만나는 사람이 속을 썩였나, 아프다고 어서 좀 와보라고 하려나. 아니면 너는 왜 엄마한테 이것밖에 못하냐 고 화풀이하려나.

나는 점점 더 엄마가 죽기를 바라왔던 거 같다. 행복은 뺄셈 이라는 어느 소설의 주인공처럼, 내 삶에 스미거나 번질지 모 르는 불행이나 불운의 기운이 사라지길 기도하고 있었다. 깊 은 우물 안에 웅크려 있던 아이가 고개를 들더니 무릎을 펴고 일어났다. 파란 핏줄이 흐르는 손으로 벽돌을 잡고 올라 우물 밖으로 나왔다. 아이는 힘없이 늘어진 다리로 걸어와 내 곁에 앉았다. 눈이 마주친 순간, 아이가 곧 나 자신임을 알았다. 나 는 무섭지도 슬프지도 않았다.

여전히 거짓말쟁이

기독교에서 죽음이란 천국으로 가는 영생의 길, 불교에서의 죽음이란 고통과 번뇌에서 벗어나 평온한 상태로 들어가는 것을 의미한다. 어느 과학자는 생명은 신비한 현상, 원자로 돌아가는 죽음이야말로 우주의 자연스러운 상태라고 말했다. 나에게 죽음이란 내가 처음 봤을 때부터 노인이었던 할머니가 하늘나라로 떠난 일, 친구의 열일곱 살 반려견이 눈을 감고, 기구한 사연의 연예인이 세상을 등지는 일이었다. 죽음은 내게 머나먼 일이었기에 내 엄마가 진짜로 없어지리라고는 믿지 않았다. 죽음이 내 곁에 머물렀다 갈 수도 있음을, 순식간에 나타났다가 돌아보면 없는 흰나비처럼, 엄마를 사라지게 할 줄은 몰랐다. 나는 여전히 거짓말쟁이. 엄마가 빨리 죽길 바란다고 한 건 거짓말이었다. 무섭지도 슬프지도 않다던 파란 심장의 아이는, 겁에 질려 하얗게 부서지기 직전이었다.

온몸에 죄책감이 열꽃처럼 피어올랐다. 좋지 않은 색의 소변이 나오고 몸이 뜨거웠다. 화장실에 다녀오기 무섭게 요의가 느껴지고 방광은 묵직했다. 밤새 화장실에 드나들다가 난생처음 비뇨기과에 갔다. 방광염은 열이 나지 않는다며 의사는 신우신염을 걱정했다. 초음파와 엑스레이 검사 결과, 다행히 신장은 깨끗했다. 맞아본 중에 제일 아픈 주사를 맞고 항생제를 처방받았다. 또 얼마 후에는 고열에 복통, 몸살을 앓았다. 체한 줄 알고 위청수와 정로환으로 버티다가, 먹은 죽을 다 게우고 나서야 병원에 갔다. 탈수를 동반한 위장염과 결장염이라는 진단을 받았다. 의사는 입원을 권했지만 소독약 냄새가 싫어서 수액만 맞고 돌아왔다. 몸의 통증으로 정신의 고통을 지우려는 노력은 여기서 그치지 않았다. 왼쪽 가슴 아래에서 등까지 뻐근한 느낌이 들었다. 예전에 앓았던 대상포진 통증과 비슷한데, 만져지는 수포가 없어서 담이 들었나 싶었다. 기절하듯 잠을 자다가 땀으로 범벅된 몸을 씻었다. 허벅지에 로션을 바르는 순간, 바늘 수십 개가 살갗에 꽂히는 느낌이 났다. 영락없는 대상포진이었다. 조기 치료가 중요한데 늦지 않게 와서 다행이라고, 의사가 말했다. 나는 정말 다행일까, 엄마가 죽기를 바랐던 내가 병원에 빨리 온 게 잘한 일일까. 엄마가 죽었으니 나도 죽음과 맞먹는 고통을 겪어야 하지 않을까, 하고 생각했다.

반년 동안 여러 질환으로 병원에 다니고 항생제를 숨 쉬듯이 먹었다. 몸의 통증으로 죄책감을 외면하려 했던 무의식의 발로는 오산이었다. 육체의 고통이 멈추자 정신적 괴로움이 시작됐다.

잠의 신 힙노스조차 나를 거들떠보지 않았다. 양귀비즙을 뿌려 사람을 재우곤 한다는데, 그는 나를 까맣게 잊어버렸다. 새벽녘 동쪽 하늘에 걸린 금성을 보고 설핏 잠이 들었다가, 알람이라도 울린 것처럼 놀라 깨길 반복했다. 며칠을 못 자고도 눈은 감기지 않았다. 음식을 먹으면 목구멍이 막힌 듯 답답하고, 간신히 삼키면 명치가 아팠다. 끊었던 위장약을 다시 집어 들었다. 무슨 짓을 해도 꿈쩍 않던 체중계 숫자가 뚝 떨어졌다. 불안이 심해졌다. 모르는 이가 칼로 내 배를 후비고, 신호를 못 본 차가 나를 칠 것 같았다. 펄펄 끓는 냄비의 물이 발등으로 쏟아지고, 카페 천장의 에어컨이 머리 위로 떨어질 것만 같았다. 별거 아닌 일에 벌컥 화가 났다가, 늘 듣던 말에 울컥 눈물이 났다. 남편은 어이없어하고 짜증 내다가 걱정하기 시작했다. 마음을 터놓는 지인에게 얘기했더니 병원에 가보라고 권했다. 처음 보는 사람에게 내 얘기를 하는 일이 달갑지 않다고 말했다. 지인이 상담은 심리 센터의 일이고(비싸고), 신경정신과는 감기처럼 진료하고 약을 지어주는 곳이라고 설명했다. 나는 망설임 끝에 신경정신과를 예약했다.

추억은 하나도 없다고 생각했는데

병원은 오래된 건물의 고층에 있었다. 다리를 떨고 초점 없는 눈으로 허공을 보는 사람이 있을 거라는, 편견도 못 되는 나의 무식함이 우스웠다. 교복 입은 학생, 20대 청년, 직장에서 잠시 나온 듯한 사람과 어르신도 진료를 기다렸다. 신경정신과라는 금단의 구역에 들어간다는 긴장이 무색해졌다. 벽의 액자에는 자격증이 걸려 있었다. 내가 브라운관 텔레비전으로 88올림픽을 볼 때 전문의를 취득한 선생님이었다. 긴 기다림 끝에 의사를 만났다. 나는 잠을 못 자고 불안이 심해서 왔다고 말했다. 엘리베이터에 오르면 비상 버튼부터 찾고, 압력밥솥이 터져 무쇠 파편이 얼굴에 박힐 것 같고, 아이가 전화를 안 받으면 눈이 뒤집힌다고 말했다. 초로의 여성 선생님은 오늘 내가 운이 좋다고 말했다. 때마침 예약 취소가 많아서 얘기할 시간이 넉넉하다고 했다. 나는 선생님이 수십 년 동안 얼마나 많은 환자의 얘기를 들었을까, 나까지 하소연하는 무리에 끼고 싶지 않다고 생각했다. 나는 의사가 아무리 돌려 물어도 가슴 속 얘기를 하지 않겠다고 다짐했다.

나는 운동화 끈도 맬 줄 모르는 초보 러너, 선생님은 마라톤을 몇십 회나 완주한 베테랑 선수였다. 의사는 나선형으로 질문했다. '왜 불안하죠? 무슨 일이 있었나요?'라고 묻는 대신, "나도 책을 좋아하는데 요새는 통 못 읽었어요. 책 추천 좀 해줘요", "고양이를 키운다고요? 얼마나 예쁜가요" 하며 내가 신나서 떠들게 되고 마는 질문을 했다. 눈을 마주치고 고개를 끄덕이며 당신의 말에 집중하겠다, 하는 사람의 태도엔 이야기를 끌어내는 힘이 있었다. 나도 모르게 밑줄을 새까맣게 그은 소설이나 귀퉁이를 잔뜩 접은 수필, 온몸이 털로 덮인 존재의 사랑스러움에 대해 열렬히 떠들다가, 수치스럽고 두려워서 아무에게도 말하지 못한 이야기를 하며 꺼이꺼이 울고 있었다.

"엄마가 밉고 싫어요. 엄마가 원망스러워요. 그런데 내가 더 싫어요. 나 자신이 미워요. 내가 더 원망스러워요."

선생님이 크리넥스를 내 쪽으로 밀며 말했다.
"자신을 괴롭히는 병에 걸렸군요."
의사는 내가 불안보다 우울증이 심하다고 했다. 불안장애도 우울의 증상 중 하나라고 말했다. 그리고 덧붙였다.
"힘들었겠네."
눈물을 닦고 코까지 풀었다. 크리넥스가 동났다. 선생님이 괜찮다고 말했다. 진료를 끝내고 나오니 대기실에 사람이 많았다.

처방전은 불면증에 초점을 맞춘 듯했다. 기본적으로 생활하는 시간 빼고, 다른 활동은 전혀 못 할 정도로 잠이 왔다. 일하다가도 팔을 베고 엎드려 눈을 감았다. 어스름한 저녁 초승달을 보기도 전에 꾸벅꾸벅 졸다가 이불 속으로 들어갔다. 악몽을 많이 꿨다. 장롱 문틈으로 얼굴이 벌게져 화내는 아빠와 겁에 질린 동생의 얼굴이 보였다. 얼굴 모르는 아줌마가 내 머리채를 잡은 채 소리 지르고, 눈물범벅인 엄마가 구슬픈 노래를 부르는 꿈을 꿨다. 나는 잘못했다고 빌고 또 빌다가 내가 흐느껴 우는 소리에 잠이 깼다. 그러면 다시 불안이 찾아왔다. 수면제도 내성이 생기는지 잠이 또 안 왔다. 신경정신과는 일주일마다 방문했다. 약을 조금씩 더 써서 석 달, 줄여가며 다시 석 달을 먹었다.

엄마가 죽으면 엄마에게서 전화가 오지 않으면 평온할 줄 알았는데, 마음은 부작용을 앓는 듯 후회와 미련으로 들끓었다. 신경과 약이 불안한 기억을 잠재울 줄 알았는데, 오히려 엄마 생각만 나게 했다. 길거리에 나이 든 여성이 전부 엄마로 보였다. 엄마가 내게로 걸어오고, 내게 말을 걸고, 나를 지나쳐 걸어갔다. 추억 같은 건, 엄마가 내게 해준 건 하나도 없다고 생각했는데, 작고 평범해서 아무것도 아니라고 여겼던 일들이 엄마의 마음이었음을, 엄마가 떠나고서야 알아버렸다. 내가 좋아해서 자주 상에 오르던 들기름에 지진 깻잎. 철도 아닌데 한통씩 내어주던 고구마 줄기 김치. 내가 현충사에 언제 와봤지, 하다가 엄마의 오래된 차를 타고 은행나무길 아래를 달리던 기억이 떠오르면, 떠나버린 기차에 가방을 두고 내린 사람처럼 힘이 빠졌다. 내가 예전처럼 책을 읽지 않는다는 것도 모르고, 나를 보러 올 때마다 건네던『비밀의 화원』이나『폭풍의 언덕』같은 책들. 갈색 스웨터. 고속버스 승강장에 남겨진 나를 보며 울음을 참던 얼굴. 전국을 수소문해 진짜배기 집에서 만들어 왔다는 목화 이불이 왜 이제야 떠올랐을까.

"술 한 방울 못 마시면서, 취한 진상들 상대하고 있을 네 어미를 생각하면 내 억장이 무너진다. 그 돈 벌어서 자기가 쓰려고 그러겠냐, 너희들한테 뭐라도 하나 더 해주려고 그러는 거지."

가슴 치며 말하던 할머니의 눈물이, 왜 이제야 내 마음을 적시는 걸까.

엄마, 미안해. 내가 잘못했어.

이 말이 나오기까지 1년 아니, 평생이 걸렸다.

과거의 하루로 돌아갈 수 있다면

나는 엄마가 어디에 갔었는지 모른다. 엄마 마음속에 뭐가 있었는지, 바라던 게 무엇이었는지도 모른다. 무엇이 엄마를 힘들게 했을까. 답답한 아빠였는지, 이루지 못한 꿈이었는지, 혹시 들러붙는 나였는지… 무엇이 엄마를 떠나게 했는지도 묻지 않았다. 엄마는 정말 우리가 아닌 다른 사람을 사랑했던 걸까. 엄마도 내게 물은 적이 없었다. 엄마 없는 밤이 무섭지는 않은지, 소풍날 김밥과 학교 도시락은 어떻게 했는지, 브래지어는 어디서 누구랑 샀는지 궁금해하지 않았다. 모르는 이에게 맞았을 때 얼마나 무서웠는지, 엄마의 애인을 어떻게 생각하는지, 아저씨의 부인을 만났을 때 얼마나 두려웠는지도 묻지 않았다. 말하지 않고, 묻지 않고 답하지 않으면, 아무 일도 없었던 것처럼 살 수 있을 줄 알았다. 미움과 원망이 켜켜이 쌓여 빙하처럼 얼어버릴 줄은 몰랐다. 그 속에 깊은 균열이 생길 줄도 몰랐다.

나는 엄마를 미워하기만 했다. 파출부를 나가고 폭력을 쓰는 남편이 있어도, 자식을 끌어안고 버티는 엄마가 있다던데. 왜 우리 엄마는 나를 버리고 훌쩍 떠났는지, 내가 그럴만한 가치가 없는 아이여서 그랬는지, 원망만 쌓였다. 엄마도 내가 당신을 위해 살기를 바랐다. 뚱한 눈으로 보는 대신 당신을 가엽게 여기고, 당신의 애인에게 싹싹하게 굴며, 당신이 아프다고 하면 열 일 제치고 달려와 자신을 봐주길 원했다. 엄마는 반응 없는 나를, 나는 나를 쉽게 여기는 엄마를 오해했다. 우리는 이해하려 하지 않고 서로가 이상형이 되기만을 바랐다. 조금씩 어긋났던 우리는 많이 불행해졌다.

나는 속담 속의 미련한 사람처럼 엄마가 떠난 후에야 묻어둔 이야기를 꺼낸다. 자신의 선택이 손가락질받을 일이었을 때, 엄마라고 부끄럽지 않았을까. 싫다고 우는 딸을 보며 내가 자식한테 무슨 일을 시킨 걸까, 하고 비참하지 않았을까. 이 남자와 함께라면 평범하게 사랑받고 남들처럼 살 수 있을 것 같은데. 미련하고 운 없는 내가 애쓴 게 잘못일까, 하며 괴롭지 않았을까. 집 앞 구멍가게 아줌마가 어느 미친 여자가 당신 딸 머리채 잡는 걸 말리려고 했는데 못 하고, 약이라도 발라주려고 일으켰는데 가버렸다고. 지금은 괜찮냐고 묻는 말을 들었을 때, 혀 깨물고 죽고 싶지 않았을까. 답은 돌아오지 않는다. 들을 수 없다.

나는 옛날 노래 제목처럼 울면서 후회한다. 엄마가 한 선택이 부도덕했을 때, 외면하거나 순응하는 대신 말했어야 했다. 한 번 실패했다고 인생이 망한 건 아니라고. 잘못 탄 버스에서 내려 늦었다고 아무 버스나 타서는 안 된다고. 나랑 같이 걸으면 외롭지 않을 거라고 말했어야 했다. 그리고… 내 상처도 깊은데 혹시 사과해줄 수 있냐고 묻고, "미안해"라는 말이 어려우면 대답 대신 나를 좀 안아달라고 말하고 싶다. 엄마가 벌린 팔에 안겼더라면, 엄마의 마른 어깨에 기대어 울었더라면, 서러웠던 모든 날의 기억이 조금은 지워졌을까. 그랬다면, 우리 사이에 꽃은 피지 않아도, 키 작은 관목이나 이끼 정도는 자라지 않았을까.

만약 어느 천사가 나타나 과거의 하루로 돌아갈 수 있게 해
준다면, 나는 내가 돌은 년이고 미친년이던 날, 길거리에서 뺨
을 맞고 머리를 뜯기던 날, 엄마가 나보다 더한 욕을 듣고 나
보다 더 맞았을 그날로 돌아가 엄마를 안아주고 싶다. '저 여
자가 바람난 년이래', '술집 하는 여잔데 남의 남편을 꾀었대'.
사람들이 수군거리며 손가락질하고, 어쩌면 '아이 재수 없어'
하고 침 뱉는 사람들 가운데에 있을 엄마를 일으키고 싶다. 머
리카락의 흙먼지를 털고, 따뜻한 물에 적신 수건으로 얼굴이
며 손을 닦아주고 상처에는 연고를 발라줘야지. 진통제를 먹
게 하고, 침대에 눕힌 다음 이불을 턱까지 올려 덮어주고, 불을
끄고, 엄마가 좋아하는 노래를 조금 크게 틀어놓고 싶다. 울라
고, 노래 뒤에 숨어서 마음껏 울라고.

아니, 약이고 뭐고 아무것도 필요 없고, 그냥 둘이 끌어안고
밤이 새도록 엉엉 울고 싶다. 엄마, 우리가 잘못했지. 우리가
천벌 받을 짓을 했어. 자책하고 후회하며 다시는 죄를 짓지 말
자고 밤새 되뇌고 싶다. 얼이터저 퉁퉁 부은 얼굴로 속죄받을
수 있다면, 푸른 멍이 사라지고 빨간 피딱지가 저절로 떨어질
때까지 엄마 곁에만 있고 싶다.

엄마는 그날 밤 노래를 틀어놓고 울었을까. 며칠을 울었을까. 내가 엄마 곁에 있었더라면, 혼자가 아니라고 말해줬더라면, 쫓기듯이 아무나 만나는 실수를 반복하지 않았으려나. 눈물로 얼룩진 그때의 엄마를 만나 괜찮냐고 묻고, 내 사랑과 온기를 전해주고 싶은데. 남의 가슴에 못 박는 죄를 지은 나 같은 사람 앞에, 천사는 나타나지 않겠지. 영원히 그렇겠지.

뒤늦게 띄우는 편지

엄마가 있는 그곳은 편안한지 묻고 싶어. 거기에 엄마가 사랑하는 사람도, 엄마를 사랑하는 사람도 있는지 궁금해. 엄마랑 털실 가게에 갔던 날이 생각나. 나는 밤색 털실을 만지작거리고 있었어. 주인은 털실값이 비싸서 기성복을 입히는 게 훨씬 싸다고 말했지. 엄마는 망설이다가 큰돈을 냈고, 주인은 활짝 웃으며 털실을 봉투에 담았어. 스웨터는 얼추 한 달이면 다 뜬다고 했지. 나는 달력에 동그라미를 그어가며 엄마와 엄마가 떠 올 스웨터를 기다렸어. 스웨터는 몸에 맞춘 듯이 꼭 맞았고 엄마는 예쁘다고 기뻐했지. 내가 3년 내리 밤색 스웨터를 입자 엄마는 속상해했어. 왜 옷이 작아지지 않냐고, 키가

자라지 않는 거냐며 울상을 지었지. 이미 겨드랑이가 조이고 보풀이 일어났어도 벗고 싶지 않았어. 옷이 작아지면 실을 풀어서 목도리로 떠준다고 했지만, 나는 이대로의 스웨터를 갖고 싶었어. 손가락으로 내 몸을 잴 때의 엄마 눈빛과 엄마가 나를 위해 공들인 시간도 고이 갖고 싶었어.

엄마는 레코드판이나 라디오를 줄곧 틀고 살았지. 아욱 껍질을 벗기거나 봉선화를 빻아 내 손톱을 물들일 때도, 방을 훔치고 빨래를 개킬 때도 음악을 들었어. 아빠는 정신 사납다고 싫어해서 껐다가, 아빠가 나가면 다시 볼륨을 키웠지. 엄마는 산울림과 송골매 같은 밴드 음악을 즐겨 들었고, 나는 남궁옥분이나 민해경 같은 가수의 노래를 좋아했어. 친구들이 80년대 노래를 잘 아는 나를 신기하게 생각해. 취업하고 회식 자리에서 김수희의 〈멍에〉 같은 노래를 부르면 상사들이 좋아했지. 노영심이라는 가수가 〈그리움만 쌓이네〉라는 노래를 들고나왔을 때, 바로 따라 부르는 나를 보고 친구들이 놀라고 나는 더 놀랐어. 내가 음악 천재인 줄 알았어. 어릴 때 많이 들었던 여진이라는 가수의 리메이크곡이라는 걸 알고는 김샜지만. 엄마가 떠난 집은 아무도 살지 않는 섬처럼 적막해졌어. 문득 노래가 듣고 싶어서 봤더니 레코드판도 전축도 그 자리에 없었어. 아빠가 치웠나 봐(나는 엄마가 옷 가방 하나만 들고 집을 떠났다고 생각했는데 혹시 엄마가 가져갔어?). 노래는 시간과 사람을 기억한다고 하잖아. 내가 그 시절의 노래를 잘 아는 건, 엄마와 함께 있던 순간을 계속 되짚었기 때문인지도 몰라.

엄마, 사는 동안 많이 외로웠어? 나도 엄마를 외롭게 만든 사람 중의 하나겠지. 점점 엄마의 전화를 안 받고, 엄마 말에 대꾸를 안 하고, 아프다고 해도 무덤덤한 내가 얼마나 미웠어. 나는 엄마가 나만 바라봐주길 원했어. 엄마의, 사랑을 원했어. 나이를 먹고도, 나이를 먹을수록 엄마가 더 필요했어. "애한테 열이 나는데 어떡해야 해?" 어떻게 해야 하는지는 알면서도, 엄마한테 기대고 싶었어. 걱정하는 엄마의 목소리를 들으면 힘이 날 것 같았어. 처음 보는 나물이나 생선이 생기면 어떻게 먹는 거냐고 묻고, "이리로 가져와. 엄마가 만들어줄게" 하는 소리에 핑계 삼아 또 친정에 가고. 속상하게 하는 남편을 일러 "사위 놈을 혼내야겠네" 하고 엄마가 내 편을 들면, "괜히 결혼했나 봐. 이혼하고 엄마랑 살까?"라는 대꾸에, 그런 소리 하는 거 아니라고 등짝을 맞고. 나는 엄마랑 별거도 아닌 이야기를 하고 시시한 기억을 쌓으며 살고 싶었어.

엄마는 나랑 뭘 하고 싶었어? 언젠가 엄마가 목욕탕에 가자는 걸 생리 중이라 못 간다고 했지. 다음번에 가자고 했을 때, 사우나 한 지 얼마 되지 않아서 안 간다고 했고. 아홉 살에 엄마가 나를 씻긴 때를 마지막으로 몸을 보인 적이 없어서, 교회에서 만난 사람이 목욕하러 가자고 하는 것처럼 어색해서 싫었어. 엄마는 딸이랑 같이 탕에 들어가고 서로의 등을 밀어주고 싶었겠지. 때 미느라 기운을 다 썼으니 시원한 콩국수나 먹으러 가자, 하고. 옷 사러 시장에 가고 같이 염색도 하자는 걸, 난 다 싫다고 했어. 또 어느 영감한테 잘 보이려고 꾸미는 건가 싶어서 화가 났지. 나는 차라리 엄마가 냄새나는 할머니였으면 했어.

미안해. 철없이 굴어서 미안해. 엄마의 외로움은 생각 못 하고 나만 생각해서 미안해. 미안하다는 말을 늦게 해서 미안해. 엄마의 눈을 마주 보고 손을 붙잡고 하는 게 아니라, 글로 써서 미안해. 사람들이 다 보는 책에 엄마의 과거를 적어서 미안해. 이 글을 읽고 화가 나면 나를 미워해. 만약 사람들이 나한테 엄마의 치부를 쓰다니 너무했다고, 경솔하다고 손가락질하면, 이번엔 나를 지켜줘.

혹시 옆에 할머니도 있어? "돼지로나 태어나지, 잡아나 먹게" 하고 나를 나무라는 소리가 들려. 엄마를 딱하게 여기랬더니 되려 엄마를 욕보이고 있다고, 당장이라도 등짝을 때릴 목소리야. 할머니가 엄마를 많이 사랑해(세상에 손녀를 붙잡고 제 딸을 위해주라는 할머니가 어디에 있어). 엄마도 나를 사랑해? 내가 엄마를 더 사랑해. 언젠가 내가 엄마 곁으로 갈 수 있다면, 그땐 우리 헤어지지 말고 살아. 나란히 누워 산울림의 노래도 듣고, 목욕탕 가서 때도 밀고, 달콤한 커피도 마시러 가. 서로 못 주고받은 사랑을 채우며 살아. 할머니도 같이, 우리 셋이 살아.

엄마의 납골당은 너무도 작아서
백합 한 송이조차 온전히 들어가지 않는다.
내 모든 시절의 꽃을 엄마에게 바친다.

사랑이 왜 그래

초판 1쇄 발행	2026년 3월 10일

지은이	봉부아
펴낸곳	마누스
발행인	정가영
디자인	지민채
출판등록	2020년 8월 19일 제348-25100-2020-2호
팩스	0504-064-7414
이메일	manus2020@naver.com

ⓒ 봉부아, 2026

ISBN	979-11-94176-12-1 (03810)

삶에서, 책으로.
마누스 Manus